明治

憑甚麼

項明生

序

　　香港人去日本旅遊，幾十年來只注重飲食物質消費。祖籍南京的項明生，香港大學畢業，將江南人旅行注重風土人文、歷史掌故的遺風帶來了香港。

　　2019 年是日本明治維新一百五十週年。幾個月前，我和項明生商量不如做一輯「日本明治維新之旅」。由歷史文化看日本，完全是另一個層次，項明生對文化有執着，對歷史有興趣，我工作走不開，此一重任，自然非他莫屬。

　　他請我去福岡，到馬關，做了兩集，當年《馬關條約》簽署的經過。沒有項明生的結緣，我也看不到當年馬關這個地方，一線海峽掀動九州，原來是整個明治維新運動重要的地域。

　　項明生不但喜歡旅行，還愛讀書，資料掌故搜集詳盡，除了美食在行，去到哪一個地方都保持強烈的好奇心。他不是甚麼「旅遊達人」，而是如中國古代黃道周與徐霞客一類的旅行遊記文學家。

　　明治維新為何成功，而一海之隔的另一方，經過多次政變和革命，為何成千上萬的人只懂得湧去日本買廁板方便麵泡

溫泉食壽司？這個答案過於複雜，但項明生的明治維新遊記，對於廣大讀者，若其中願意停止用口腔腸胃來消化消費日本，而願意用大腦思考和欣賞日本的，這本書是一個很好的起點，重新上路。

陶傑

自序

新日本的起點

看回人類出現的數十萬年長河，唯有最近二百年的巨變，遠遠大過以往的數十萬年。原因只有一個：英國起源的工業革命（日語為產業革命）。工業革命將人類由自古以來的農業中解放出來，對人類衣、食、住、行，都帶來了質和量的飛躍進步。

工業革命始於英國，將歐洲列強變成世界的殖民統治者。綜觀全球，只有一個非歐洲國家，在 19 世紀完成了工業革命，並且只用了廿年時間，就走了英國二百年的工業革命之路，更在近代熱兵器時代，第一次以黃種人身份，打敗了白種人。其成就令亞洲人吐氣揚眉，令歐洲人刮目相待。這個國家就是日本，彈丸之地發生的這場震驚世人的運動，就是「明治維新」。

甚麼是日本

甚麼是日本？日本是一個洋葱，沒有一個核心是自己的。

將日本一千四百年信史切開，其實只有兩個時代：「唐化時代」和「西化時代」，而且都是向其他先進國家學習。公元 646 年大化革新至 1868 年，是一千二百多年的「唐化時代」，日本人自稱「國比中原國，衣冠唐制度」。拙作《京都奈良夢華錄》（2017 年於無綫電視播放），揭示了日本第一次全面的改革漢化，殘留在今天關西之京都、奈良的蛛絲馬

跡，如周作人說：中國古俗「健全地活在」日本。

公元 1868 年，明治維新開始，至今一百五十年為「西化時代」，對西洋政治文化「始驚、次醉、終狂」，經過文明開化，日本人自稱成功「脫亞入歐」。

一千四百年前遣唐使的終點，是日本傳統政治中心京都、奈良，但位於這傳統政治中心邊陲的「西南強藩」，包括薩摩、長州、土佐、肥前，即今天的九州、山口地區，則成為新日本的襁褓。山口地區一個小小茅屋私塾，孕育了當代日本，西鄉隆盛、坂本龍馬、高杉晉作、伊藤博文等「幕末志士」，齊心推翻了幕府，建立了新日本，開啟了明治維新。由於歷史意義重大，聯合國更將「明治日本之產業革命遺蹟，九州山口相關地域」，正式列為世界文化遺產。

遊走維新之路

藉着明治維新一百五十週年，我由維新胎動之地鹿兒島出發，北上長崎、經過山口縣、萩市、湯田，取道關西到達東京、橫濱，然後繼續向北，來到日本東北盛岡、青森、弘前，進入日本最北的北海道，探訪函館、小樽、余市、札幌，最後回到簽訂影響中日兩國國運百多年的《馬關條約》的下關。

遍尋衣食住行中，始於明治維新的日本第一：第一間床屋（髮型屋）、第一間洋食料理餐廳、第一間民營農場、第一

間西式酒店、第一條馬路、第一盞瓦斯燈、第一間雪糕店、第一間株式會社、第一個水利工程、第一個公園、第一個啤酒的來源、第一間博物館、第一間銀行、第一座西式城堡、第一間河豚料理店⋯⋯更有幸成為香港第一支攝製隊，進入明治天皇的「凡爾賽宮」赤坂離宮，一窺明治天皇霸氣。拍攝成香港開電視收視冠軍節目《明治憑甚麼》一共十三集。

願與讀者諸君，一起窺探新日本是怎樣走在歷史的十字路口，如何浴火重生？

從江戶到明治，從幕府到君主立憲

明治維新之前的日本處於江戶時代，日本天皇並無實權，政治方面完全由德川幕府將軍統治。江戶幕府是一個封建時代，除了將軍、大名之外，社會分為士、農、工、商四個等級；思想方面，江戶日本提倡儒學，同對岸的清國一樣實行鎖國政策。

當時的日本並非一個中央集權的政體，而是藩國割據。1853 年美國派遣培里將軍帶領船隊來到日本，「黑船來訪」，這些交織英美法的外國勢力，為求商業利益，要求日本開放港口。四個遠離幕府政治中心的西南強藩，包括：薩摩、長州、土佐、肥前，結盟推翻幕府統治，成功令幕府末代將軍德川慶喜主動將政權交還給天皇。

1868 年，明治天皇登基，同年頒佈《五條御誓文》，宣稱要「廣興會議，萬機決於公論，求知識於世界」。具體措施

包括文明開化、殖產興業，富國強兵。至明治二十三年（1890年），日本頒佈亞洲第一個憲法，同時成立國會、內閣，並收回幕府時期簽訂的法外治權及租界，日本正式成為君主立憲的現代國家，也代表維新運動告一段落。

維新的標誌性成功，見於四年後明治二十七年（1894年），日本在甲午戰爭中大敗滿清，十一年後又大敗俄國，成為近代第一個打敗西方列強的亞洲國家。

中日之間兩個甲子

明治維新一百五十週年，也是中國紀念改革開放四十週年。知古而鑒今，中華文明自古是日本之師。日本在 1868 年的崛起，比較改革開放後的中國崛起，兩國之近代化崛起卻相差了一百多年。日本後發而先至，值得我們深思反省。

中國四十年的改革開放，在國家工業化的角度來看，就相當於中國的明治維新。事實上，中國的第一次近代化比日本早了很多，因為地理位置的優勢，中國廣州比日本長崎更早接觸西方科技。1842 年鴉片戰爭打開國門之時，日本尚在鎖國的幕府時期，到日本被美國的黑船打開國門，比中國晚了十二年。中國雖佔先機，洋務運動比明治維新早了整整七年，可惜最後真正工業化，卻遲了日本兩個甲子。2010 年，中國 GDP首次超過日本，終於取代日本成為亞洲最大、世界第二的經濟體，這一年，日本已經雄霸了「亞洲第一工業強國」稱號整整一個多世紀。距離那場中日工業化的第一場較量——甲午戰

爭，已經將近兩個甲子！

「啊，一個時代終於過去了呢！」由里風司子感慨地說。高雅大方的她是京都和服世家的千金，和我一樣都是出生於昭和世代的中年人，經歷了經濟泡沫的爆破，對改年號有那種「終於完了」的感覺。

對中國來講，平成年代卻是強國崛起的年代，1998 年北京奧運、2001 年加入世貿、2010 年中國 GDP 首次超越日本，成為世界第二大經濟體，均發生在平成時代。平成可謂目睹了中國升、日本降的歷史轉捩點。

剛巧，香港攝製隊年輕的成員都是「平成世代」，即是我們口中所謂的九十後、千禧世代。屬於兩個世代的人，中間的代溝何止兩個年號。

這次拍攝的 13 集旅遊節目，是講今上天皇的曾祖父：明治天皇。因為今年，適逢日本明治維新一百五十週年。

明治維新，標誌着新日本的誕生，是亞洲史上第一次全面西化的運動，天翻地覆的變化造就了很多新奇的事物，影響至今。正當日本舉國歡慶明治維新一百五十週年時，也正是中國戊戌維新一百二十週年，憑甚麼明治維新成功了？戊戌維新失敗了？明治憑甚麼？

目錄

鹿兒島

國境之南

第一章

鹿兒島

鹿兒島市，位於日本南端，今天在日本城市排名中，只佔第 22 名，連政令指定都市也不是，人口更少過香港的沙田。不過在幕府末期，這個如此細小的城市，曾經叱咤風雲，改變了這個國家的國運。

　　幕府時期，鹿兒島是日本與亞洲大陸、南洋各島、琉球等地的貿易連接點，成為日本引入外來文化的大門，也成為日本近代工業化的起源地，並誕生了許多參與明治維新的政治人物。鹿兒島市內有不少明治維新的歷史遺蹟，轄區內的城山，也正是明治維新後期最後的激戰地。

鹿兒島曾經改變了日本的國運

鹿兒島中央車站
——日本首批留學生薩摩群英像

　　鹿兒島市，可説是明治維新的胎動之地，明治維新的家鄉之道，一切變革從這裏開始。鹿兒島中央車站廣場，豎立着一座薩摩群英像，紀念幕末時期的一班年輕英雄——日本首批偷渡到海外的留學生。

鹿兒島中央車站薩摩群英像

1842 年，薩摩藩的藩主島津齊彬，聽說有一個很小的島叫 England（英國），這個小島比中國雲南省還要細小，卻能打敗大清帝國，還能令大清割讓香港島，感到十分震驚。島津齊彬很想了解，究竟這個小島有甚麼能耐，可以打敗龐大的清國？於是他挑選了 19 個聰明的年輕人，漂洋過海去到英國，視察一下環境。

這些日本首批留學生，年紀最小的只有 14 歲，最大的則有 34 歲。他們經過香港，偷渡到英國留學。由於 1865 年仍是幕府時代，當時與明清政府一樣實行海禁，嚴禁國民出海，是要殺頭的罪行。為了留學，這批年輕學生只好喬裝打扮，他們改掉了武士兩邊剃青前方凸尖的奇怪髮型，變成普通西式髮型，換上一身西服，並且改了新的名字。

首次遇上西方文化，驚為天人

該批留學生到了英國，看到火車、蒸汽機、紡織機等前所未見的事物，又看到火車、鐵路、高樓大廈，着實大開眼界。這群薩摩群英決定，要摒棄中國傳統的一套，特意在英國購買了蒸汽機和紡織機回國。學成回國後，他們擔任政府要職，對明治政府有很大貢獻；反觀在當時的中國，雖然同樣有留學生放洋學習，但歸國後只成為技術官僚，並沒有成為政府高官。

薩摩群英像上有個年輕人叫做森有禮，是一位十分重要的人物。他是日本首位駐中國大使，並多次與李鴻章交手。群英像上的年輕人，表情各異，有些張着口，有些則拿着書好奇地研究：怎麼歐洲如此不同？日本人後來用了六個字來形容這些表情：「始驚、次醉、終狂」。

「始驚」，是因為他們發現車子懂得自動走，懂得噴煙，這是日本幾千年來從未見過的；「次醉」，是因為他們覺得這些事都很厲害、

很了不起，就像太空飛船，有如外星人的科技一樣，令他們為之陶醉；「終狂」，最後他們愛上了這些事物，為之瘋狂，很想要學會這些科技。

千里迢迢求知之路

在鹿兒島的維新家鄉之道，還有一張有趣的地圖。地圖上所有地名都是用平假名所寫，只有四個字是用漢字書寫，便是：なんきょくたいりく，南極大陸。因為這四個字是利瑪竇由拉丁文意譯成漢字的，

鹿兒島維新家鄉之道的地圖，地圖上有「南極大陸」四個漢字。

維新家鄉博物館

從地圖上，可以看到中國位於世界的中心，所以被稱為中國。自從 15 世紀航海大發現，經過啟蒙時代（Enlightenment），一直到文藝復興開始時期，由於地理的關係，中國比日本更容易接收到西方的知識。

但是日本，即使是鎖國時期，對於西洋科技的好奇心，也遠遠大於對岸的中國，就算路途更加遙遠，也主動出擊；反觀中國，明明擁有地理先機，地理上更接近歐洲的文化中心，但中國的第一批留學生，卻比薩摩群英遲了足足七年，證明兩個國家對西方文化知識的渴求，有完全不同的取態。

地圖上還表示了薩摩群英前往西方的路線圖，他們從薩摩藩（即鹿兒島）出發，首先到中國上海，再轉抵香港，經過馬六甲的海峽到印度果亞（Goa），再取道阿拉伯半島去到蘇彝士運河，繞過地中海最終抵達倫敦。即使路途如此遙遠，這群日本的薩摩群英仍然不畏艱辛，成為亞洲第一批留學生。

尚古集成館——日本的科技園

世界文化遺產尚古集成館，坐落於鹿兒島市吉野町。由薩摩藩第 28 代藩主島津齊彬建造，他一方面學習中國的四書五經，一方面學習拉丁文，當時他依照荷蘭人的圖則，建造了這座全日本第一座石造的西式建築。有趣的是，由於當時日本仍處於鎖國時期，未有西方的建築師可以教授他如何造窗，於是他看着圖紙自己建造，不過這些窗是不能開關的，徒有其表而已。

尚古的「古」，是指中華文化的古老；集成的「成」，是指西方文明的新科技，這裏相當於薩摩藩一個貫穿中西歷史的科學園。尚古集成館興建之初，是作為機械工廠使用，如今已變成博物館，展示着七百多年來，薩摩地區與島津家的歷史文化。

尚古集成館，是一個貫穿中西歷史的科學園。

尚古展看中華文化

　　尚古集成館中，有許多來自中國的收藏，其中一幅明朝萬曆年間書法家董其昌的作品，就被島津家當作寶物收藏。自古以來，中國天朝都是一個文化中心，中國的字畫來到鹿兒島，也成為重要寶物。

　　明朝萬曆年間，是中西歷史上一個轉捩點。當時有一位泰西學士利瑪竇來到中國，傳播西洋的文化及地圖，因此尚古集成館中，也收藏了一些西洋地圖。

　　地理大發現時期後，西方人開始繪製亞洲地圖，這些地圖所描繪的日本十分奇怪，琉球群島畫得十分清晰，因為西方人最先到中國，再到琉球，不過日本卻畫成一整個大島。今天，大家都知道日本是由

四個列島組成，但對當時的歐洲人而言，日本只是一個偏僻的島國，所以把日本畫成一個大島。不過かごしま（鹿兒島）已經在地圖上標示出來了，證明當時已經有外國的繪圖人員，前來鹿兒島畫地圖了。

　　一直到清朝，薩摩藩藩主島津家，仍然十分崇尚中國文化。館內還有一幅乾隆年間的書法，叫做《仰高》，即是向着高處望。高是指哪裏呢？當然是指中國了。

　　不過，過了乾隆年後，日本慢慢發現西洋的科技遠遠比中國先進，便開始轉變方向，離開「尚古」，轉往「集成」，也即開始學習西方的先進科技。

集成館，學西方科技

　　18 世紀工業革命，薩摩留學生到了英國，見識了織布機、紡織機。當時仍在學習四書五經的薩摩藩藩主，發現只有西方才擁有這些機器，便叫留學生購買織布機、紡織機回國，從此開始日本的工業化，集成館內就展出了日本第一批紡織機。

島津由英國購入的織布機，仍然保存完好。

另外一項藏品叫做「佛郎機砲」，是一座 16 世紀由歐洲傳入日本的大砲。由於當時日本人未能分辨各國人士，於是將「紅毛」、法蘭西人，或者是荷蘭人，全部稱為「佛郎機」，所以這座砲也叫做「佛郎機砲」。

集成館還有十分著名的「昇平丸」軍艦模型，這艘軍艦是日本旗第一次作為國旗掛起的地方。源於島津齊彬將這艘軍艦獻給幕府時，他告訴幕府將軍：全部外國船隻都掛有國旗，只有日本是沒有國旗，結果就用了天皇家的標誌，作為日本的國旗。

彌足珍貴的紀念勳章

攝製隊採訪期間，幸運地得到館長 Alex 向我們介紹了一件珍貴的展品：一枚紀念勳章。話說薩摩留學生到巴黎參觀萬國博覽會，由於他們是偷渡出國，當然不能以日本國名義參加，於是他們決定以「薩摩琉球國」參加博覽會，並以薩摩琉球國之名，製造了這枚紀念勳章，送給當地官員。

目前全日本只剩下兩枚紀念勳章，一枚就珍藏在尚古集成館，據館長所說，除了日本有兩枚之外，法國當地應該還有一枚，可惜到現在仍未能尋回。

館外展品：土法大砲

看過館內的珍藏，可別錯過館外的展品。展館外，有一個十分重要的反射爐。1842 年，島津齊彬得知清國與英國打了一場鴉片戰爭，他心中強大的滿清帝國竟然打了敗仗，令當時的島津齊彬十分害怕，

便以土法建造了一個巨大的反射爐,真正是「土法造大砲」。然而,這個土法製造的大砲名為「薩摩砲」,但殊不簡單,射程最遠可達三公里,威力頗為強勁。

到了 1863 年,發生了「生麥事件」[註1],英國人與薩摩人最終打了一場仗,叫做「薩英戰爭」。當時薩摩砲的射程雖有三公里,但英國使用的阿姆斯壯砲(Armstrong Cannon),射程則有九公里,足足是它的三倍,所以一次便打敗了薩摩藩。

有趣的是,薩摩藩被打敗之後,不但沒有和英國成為世仇,還成了好朋友。原來當時德川幕府的後台是法國人,而英國和法國互相作對,故英國希望扶植一些倒幕的力量,藉以推倒幕府。另一邊廂,薩摩亦希望與英國保持友好,從而在英國人那裏學習如何製造射程長達九公里的大砲,於是雙方不打不相識,結成了好朋友。

櫻華亭——品嚐地道薩摩料理

來到尚古集成館,不要錯過到訪附近的櫻華亭,品嚐一下島津齊彬當年進食的薩摩料理。櫻華亭負責人黃小姐來自台灣,已在鹿兒島居住了三十年,她為我們介紹地道的薩摩料理——

前菜:苦瓜配以柴魚內臟、豆腐豆乳番茄、芝麻醬南瓜。

湯:薩摩湯——以鹿兒島名產蘿蔔,配以雞一同烹調而成。

季節刺身:依隨季節而定,(採訪時正逢秋季,所以季節刺身一層一層鋪疊起來,宛如落葉一般。)

代表菜:黑豬肉——把黑豬肉用黑糖及味噌,燉煮三個小時,吃起來又軟又香。

孟宗竹筍——採自鹿兒島仙巖園,由中國傳入的孟宗竹所生出的竹筍。

季節料理：秋刀魚、栗子配蝦子、鹿兒島魚餅、番薯^(註2)

鍋物：黑豬肉，裏面加上柚子令料理不太膩之餘，更添一份香氣。

最後還有水果。

整個薩摩料理套餐總值 2,300 日圓。望着無敵的錦江灣，吃着這些如此美味的薩摩料理，後面還有一座不停噴發的櫻島火山，一年噴發超過一千次。你說人生是多麼無常呢？

在櫻華亭品嚐地道薩摩料理

圖下方中間盛載豆腐及豆乳的玻璃容器，叫做薩摩硝子，價值 25,000 日圓，足足比料理套餐貴十倍呢！

仙巖園——中式庭園設計

逛過尚古集成館，漫步至鄰接的仙巖園，欣賞一下湖光山色。仙巖園又稱「磯庭園」，是歷代薩摩藩主的別墅，前有櫻島、錦江灣，後有磯山，擁有絕佳的自然美景。仙巖園是薩摩藩主於 1658 年建造，採中式庭園風格，內有中式亭台樓閣、江南竹林、曲水流觴之庭。花園入口放置了 150 磅的大砲，還有前文提到的反射爐模型。

在仙巖園的御殿，有着島津齊彬的「皇帝位」，坐在這個位置，真是左青龍右白虎，青龍位有櫻島火山，白虎位則有薩摩富士山。除此之外，庭園中還有松樹、烏龜、仙鶴，代表長壽。其中所謂的「仙鶴」，是一盞瓦斯燈，這是日本第一盞瓦斯造的石燈。

此外，這個庭園最大的特色，是將櫻島火山變成家中的假山，將

錦江灣變成家中的池塘，可說是中式園林設計的最高境界，稱為「借景」。不過，即使島津齊彬擁有如此多中式擺設，仍未能幫助他得到世界文化遺產之名，反而他建造的集成館，成為了世界文化遺產。

仙巖園中還有一座木製涼亭，名曰「望嶽樓」，是琉球進貢給薩摩藩的禮物，上書「望嶽樓」三個字，是參考王羲之的筆法。琉球，即現時的沖繩島，我們一直以為琉球只向中國進貢，其實並非如此，古時候琉球還會向另一個地方進貢，就是日本的薩摩藩。

西鄉隆盛出生地——鹿兒島的英雄

離開仙巖園，我們返回市區，窺探「維新三傑」留在鹿兒島的足跡。

維新三傑，就是明治維新三位最重要的人物，分別是：大久保利通、木戶孝允，以及西鄉隆盛。當中最受歡迎的，便是西鄉隆盛。即使你從未到過鹿兒島，也應該到過東京的上野公園，那裏也有一座西鄉隆盛拖着一隻小狗的雕像。

西鄉隆盛是一個悲劇人物，他推翻了幕府，「無血開城」令江戶免受血光之災，所以東京人十分喜歡他。不過亦因為他想維護下層武士的權益而與政府作對，最後自殺身亡，他的故事更被湯‧告魯斯（Tom Cruise）改編成電影，就是《最後武士》（*The Last Samurai*）。

在鹿兒島，街頭巷尾都能看見西鄉的蹤影或者他的卡通，證明悲劇人物很容易引起大家共鳴，就像岳飛一樣。

大久保利通、西鄉隆盛這兩個薩摩藩最出名的下級武士，他們自小住在隔鄰，一起長大，關係十分好。不過明治維新成功後，兩人政見不同，反目成仇，最終發生戰爭。代表政府一方的大久保利通獲得

勝利，代表下層武士的西鄉隆盛落敗，自殺身亡。不過，人民最喜歡的並非勝利者，大久保利通在家鄉鹿兒島只有一尊銅像，其他地方更找不到任何蹤跡；反而落敗的西鄉隆盛，在家鄉鹿兒島，大家都把他當作英雄般崇拜。

　　以下是西鄉青年時，立志做好男兒志在四方的絕句：「男兒立志出鄉關，學不成名死不還。埋骨何須桑梓地，人生無處不青山。」

西鄉隆盛的卡通到處可見

異人館──紡織廠的遺蹟

　　唧唧復唧唧，幾千年來最受歡迎的紡織品，便是中國的絲綢，因而有「絲綢之路」出現。到了 18 世紀，世界改變了，在曼徹斯特（Manchester）出現了蒸汽機及織布機，一個曼城女工的生產力，是當時江南織女的幾百倍，棉布價錢更加便宜之餘，成品的品質亦更加穩定，取代了絲綢的地位。島津忠義是日本最早發現這個世界趨勢轉變的人，於是他從曼城聘請了七個英國技師回國，教授日本人如何織布。

　　同樣位於吉野町，有一座兩層高維多利亞風格的建築，是日本第一個紡織廠的遺蹟，叫做「異人館」（舊鹿兒島紡織所技師館），由島津忠義建造，除了作為紡織工廠，也是英國技師的宿舍。這座木造建築，於十一年前已經被列入世界文化遺產。

異人館建造於 1867 年，這是幕府最後一年。當時是英國維多利亞時期，工業革命成功，是英國的黃金時代，所以這所建築也採用了維多利亞風格。島津家建集成館時，日本仍處於鎖國的狀態，只能自己閉門造車。但建造異人館時，已經有很多外國人來修建，所以能看見很多美麗的木柱、露台，更有一些典型的維多利亞式落地玻璃（Sash Window），方便通風。

　　整座異人館的建築風格都是維多利亞式的，除了屋頂的瓦頂。如果從天空向下望，可以見到瓦頂是銀色的，這種瓦叫做「飛鳥野瓦」，是日本於飛鳥時代由中國傳入來的銀色瓦頂，使異人館變成了一座混合兩種建築風格的和洋折衷式建築。

異人館紡織廠，是維多利亞風格建築。

首部本土製織布機

異人館中有一部織布機，乍看會以為只是普通的織布機，與中國的無異。不過仔細留意，其實這部織布機有發動機，它的名字是「大幅機」，是日本第一部自動織布機。

這部織布機是島津齊彬依照圖紙「山寨」而成，原料並非鋼鐵金屬，而是用木頭造成。這證明了日本人的模仿能力相當之高，早在黑船來訪時，培里已經觀察到這點，他曾說過：日本人的「Hand crafts-manship as good as anyone in the world.」，即是指他們的手工藝，能和全世界所有人一樣。假以時日，日本人定會超越美國，成為美國的競爭對手。

禮賢下士善待外國技師

異人館內還有個漂亮的茶室，以維多利亞式傢俬佈置，擁有無敵的海景，可以眺望美麗的櫻島火山。這間茶室是薩摩藩藩主特意為英國技師預備的下午茶空間，每天到了下午 3:15，眾技師便可圍坐一起，吹着徐徐海風，用精美的茶具享用一頓下午茶，聊天以解思鄉之情。每一年，藩主更會向技師支付 5,000 兩白銀，比當時許多武士的收入還要高，並且包來回船票以及生活費用，條件相當優厚。

所謂「禮賢下士」，齊桓公的那一套思想，薩摩藩藩主履行得很徹底，因為英國公認的革命成功，而日本人也願意學習新事物，所以他們對外國人相當尊重。反觀當時的清朝政府在做甚麼呢？他們是如何對待洋鬼子呢？態度正與日本剛剛相反。

鹿兒島名物黑毛豬

來到鹿兒島，不可不試名產黑毛豬。鹿兒島的黑毛豬是混血豬，牠是本地豬與英國豬伯約夏豬（Berkshire）的混種，是明治維新時交配出來的。

要數最著名的黑毛豬料理，當然是炸豬扒（とんかつ）了，而且以半肥瘦最美味，口感也最好。在吃之前也有一些「功夫」：第一要先磨芝麻，自己親手磨的芝麻特別香；接下來要混合兩種不同的醬料，一款叫做「からい」即是辛口的辣醬，另一款叫做「あまくち」，就是甜醬。如果你不吃辣的話，就可以選擇只加甜醬。把醬料加入磨好的芝麻中，便大功告成。日本人吃豬扒的時候，通常會夾着椰菜絲，令它不會太油膩。

除了炸豬扒外，還有許多用黑毛豬做的料理值得一嚐：黑毛豬沙律味道清爽，肉和沙律混在一起，很適合作為開胃菜。另外，還有一款腐皮黑毛豬沙律卷，腐皮和中式的差不多，上面鋪一層芝麻醬，餡料和黑毛豬沙律一樣，不過由於多了一層腐皮，層次較豐富，賣相也較吸引。最後一款就是味噌燒黑毛豬肉，採用半肥瘦豬肉，加入味噌燒煮，味道滲入豬肉，相當惹味。

鹿兒島名物黑毛豬

註 1：生麥事件：又稱神奈川事件，發生於 1862 年 9 月 14 日，日本武藏國橘樹郡生麥村（即現橫濱市鶴見區），四個英國人在生麥村東海道上騎馬行走，途中遇到薩摩藩藩主的監護人島津久光和他的武士衛隊，四名英國人不肯下跪行禮，被認為無禮而引發衝突，最終被武士衛隊砍殺死傷。事件引發了英國和薩摩藩之間的薩英戰爭，薩摩藩戰敗。然則，此次戰敗令薩摩藩開始仰慕西方先進科技，並與英國成為朋友。

註 2：薩摩番薯：薩摩料理中使用的番薯是由中國傳入，所以薩摩稱之為「唐芋」。傳到其他地區之後，日本人誤以為是薩摩所產，至今日本全國仍稱之為「薩摩芋」。

 和製漢語

　　傳統上，日本只有語言而沒有文字。到了唐朝時候大法革新，日本人利用中國的草書，創造了平假名；又利用中文字的部首，創造了片假名。不過假名有一個問題，就是表音不表意，容易令人有混淆，所以日本保留了大部份漢字，至今仍有 2,136 個，叫做「常用漢字」，用作表意。

　　到了明治維新時，日本人需要大量翻譯西方的新詞彙。翻譯方法有兩種：第一是音譯，日本人稱之為「外來語」，它是以片假名的音，直接翻譯了英文、法文或者德文詞彙；另一種方式是意譯，就是利用漢字的特色重新組合，創造一些新的詞彙。由於這些新的詞彙是漢字，中國人很容易明白。相比起當時清朝翻譯機構「同文館」，日本的意譯更加生動、更加形象化，傳入中國後更廣泛應用，就像今天的潮語在網上瘋傳一樣，稱之為「漢字之逆襲」。這些全新詞彙統稱：「和製漢語」（わせいかんご）。

　　接下來，每一個篇章，都會為讀者介紹一個有趣的和製漢語。

炭水化物（たんすいかぶつ）

　　在日本藥妝店隨手拿起一款護膚品，或者食品包裝背面所印的成份表，大部份都是漢字，很容易讀懂，頓時覺得自己很厲害。譬如日文當中有個「炭水化物」，我們一看就知道即是中文的碳水化合物。

　　碳水化合物英文是 Carbohydrate，這是 1884 年才創造的新英文字。Carbo 意譯就是炭，Hydrate 意譯就是水。不過當時明治維新的翻譯人員

認為，如果單單叫「炭水」，很容易讓人誤以為是水的一種，所以在字的後面加了「化物」兩字。

有時，我們會在包裝上面還見到「タンパク質」，多數以片假名寫成。タンパク即是蛋白，這個字翻譯時並不是以英文翻譯。原來是明治維新的時候，翻譯人員從德文「Eiweiß」翻譯過來的。Ei 即是蛋，weiß 是白，整個日文字是以蛋白意譯的。

 明治生活

指差確認系統

明治維新雖然已是一百五十前的歷史事件，不過到了今時今日，你依然能看到明治維新在日本留下的痕跡。譬如乘坐火車時，列車駕駛員會一邊說話，一邊做出各種動作，究竟他在做甚麼呢？原來跟明治維新有關。

明治五年，日本首次引入西方火車，明治天王親自乘搭了第一架火車。後來為了保證列車駕駛員在駕駛時，不會因睡着而發生危險，日本人便發明了指差確認（しさかんこ）系統。

即是列車駕駛員一邊說話，同時需要用手指向自己所說的方向，告訴自己各種路面情況，例如：「前面有車」、「左邊綠燈，右邊沒車」、「う、よし、go！」（嗯，好，出發）這樣駕駛員聽見自己的說話之餘，身體同時做出動作，眼、耳、口、身體同一時間運作，便能保持精神，確保安全。

明治美食

黑薩摩雞

鹿兒島向來以黑毛豬和黑牛聞名，其實她還有第三個黑色品牌——「黑薩摩母雞」。小島縣畜牧養殖場花了六年時間研究，於 2006 年（平成十八年）培養成功。含豐富胺基酸的黑薩摩雞，是薩摩雞與橫斑蘆花雞的混種。江戶時代，薩摩藩武士為鬥雞而培育了不少品種，當中以薩摩雞最受藩主喜愛，後改為食用，至今仍位居日本三大地雞品種，美味毋庸置疑。但薩摩雞繁殖成本高昂，不容易負擔。混種的黑薩摩雞，因繁殖力強而相對成本低廉，成為大眾也能負擔的地雞——雞界精英，品質保證。

明治人物

西鄉隆盛

西鄉隆盛生於江戶幕府時期，是薩摩藩的一個下級武士，他積極參與推翻幕府，是明治維新的開國元老，與木戶孝允、大久保利通並稱「維新三傑」。明治維新期間曾擔任要職，協助明治政府改革軍事邊治。其後因為反對明治政府打壓武士階級，發起叛亂，但以失敗告終，最後自殺身亡。

大久保利通

大久保利通與西鄉同是出身於薩摩藩的下級武士家庭，自幼學業成績優異，對推翻幕府有巨大貢獻，也曾代表日本出使歐美等地。明治維新期間，他與西鄉因政見不和而反目成仇，其後於明治十一年被暗殺身亡。

木戶孝允

　　木戶孝允出身於長州藩，主張尊王攘夷，師從吉田松陰，是吉田的得意弟子之一。木戶孝允贊同坂本龍馬的游説，與薩摩藩結成薩長同盟，推翻幕府。明治維新時曾擔任總裁局顧問、參與、外國官副知事等要職。

【漫遊明治維新地圖──鹿兒島】

1. 薩摩群英像

鹿兒島中央火車站前。

2. 維新家鄉之道（維新ふるさとの道）

由火車站步行約十分鐘，免費入場。

入口處就是拍攝現場的大地圖，顯示了薩摩群英求學英倫的漫長路程。

維新之道最尾段就是「明治維新博物館」，展覽島津齊彬、西鄉隆盛、大久保利通生平事跡，還有大河劇《篤姬》場景。

門票：大人 300 円 小童 150 円

時間：9:00-17:00（最終入館 16 時半）年中無休

交通：從鹿兒島中央驛步行約八分鐘就會來到維新故鄉館。

網站：http://ishinfurusatokan.info

地址：鹿兒島縣鹿兒島市加治屋町 23-1

3. 西鄉隆盛故居

位於博物館後面，故居已經不在了，只有一塊紀念碑。

4. 尚古集成館：世界文化遺產

由中央火車站坐市電可達。建築群包括尚古集成館、仙巖園，還有餐廳「櫻華亭」。

門票：1000 円

開放時間：星期一至日 8:30-17:30

交通：公共交通，從 JR 鹿兒島中央站（JR Kagoshima Chuo）乘搭市營公交車「鹿兒島城市景觀」（Kagoshima City View」）並在「仙巖園前」：（Seniwao-en）站下車。

網站 :http://www.shuseikan.jp/index.html

地址：鹿兒島縣鹿兒島市吉野町 9698-1

5. 舊鹿兒島紡織所技師異人館

位於尚古集成館不遠處，步行五分鐘。

門票：成人 200 円，孩童 100 円

開放時間：8:30-17:30 年中無休

網站：http://www.city.kagoshima.lg.jp/kyoiku/kanri/bunkazai/ shisetsu/kanko/048.html

地址：鹿兒島市吉野町 9685-15

6. 壽庵（鹿兒島黑毛豬）

炸豬扒

營業時間：11:00-22:00 年中無休

門票：日間約 1,000 円 -1,999 円；夜間 5,000 円 -5,999 円

交通：距離鹿兒島中央 236 米

網站：http://www.jf-group.co.jp/restaurant/juan/index.htm

地址：鹿兒島縣鹿兒島縣鹿兒島市武 1-3-1

Hokkaido

Tohoku

Chubu

Kanto

Chugoku

Kansai

Shikoku

Kyushu

長崎

西方文化大門

第二章

長崎

長崎市，位於日本九州西部，日本城市人口排名中居 38 位，是現今日本一個重要的港灣城市。18 世紀歐洲工業革命，西方國家的生產力一飛衝天，這些冒險家紛紛來到亞洲尋覓新市場。中國乾隆皇帝對他們說：「天朝物產豐盈，無所不有」，然則皇恩浩蕩，清政府允許開放一個港口，給歐洲人做生意，地點設在廣州。日本幕府於是依樣畫葫蘆，於遠離京都以及江戶中心的偏遠地方，開放了唯一的港口讓外國人做生意，即現在的長崎。鎖國時期，長崎變成了日本窺看西方的唯一窗口。

出島——日本的十三行

　　17 世紀鎖國時期，德川幕府在長崎興建了一座扇形的人工建小島，名叫「出島」，方便監控外國商人。整個出島面積只有約兩個足球場，跟長崎大陸完全分開，只靠一條橋連接。其後發生「島原之亂」，葡萄牙因商人傳播天主教被驅逐，只有不熱衷傳教的荷蘭商船可以停靠及使用出島。人工島上有十多棟建築供荷蘭商人居住，現時已經復修了這些木屋供遊客參觀。

古裝工作人員為我展示出島當年的出入 pass

　　當時幕府嚴格監控外國人，荷蘭商人可以在島上做生意，但禁止進入長崎市區。整個出島規模比廣州的十三行小很多，一條街道便能貫穿整個出島。當時島上的荷蘭居民，人人持有一個小牌子，是可以在島上行走居住的通行證，通行證的繩子以紅、白、藍三色組成，正正是荷蘭國

旗的顏色。

今天的出島，已經不再是一個小島。由於填海，出島已經與長崎連接，變了陸地的一部份。漫步出島街頭，可以看到不少復原的木屋建築，想像一下當年荷蘭商人在此居住的生活情境。

特首「甲必丹」之家

當時出島社區有自己的一套管理模式，由商管負責人擔任行政首長，日本人喚其做「甲必丹」（Captain），甲必丹所居住的房屋，就相當於香港的港督府（現稱「禮賓府」）。這個出島特首家中有甚麼特色呢？原來出島特首最喜歡的運動就是桌球，所以桌球枱是必不可少的設備。

除了桌球室外，特首之家的飯廳也值得一看，當年每到 12 月一個特別的日子，特首就會在此舉辦盛大宴會，魚、雞、紅酒在長長的飯桌上一字排開，這個日子日本人稱為「オランダ冬至」，即「荷蘭冬至」，說穿了，其實就是聖誕節。當時日本人未懂得如何翻譯這個節日，又不明白為甚麼這些外國人要過聖誕節，因此便把它叫作「荷蘭冬至」。

向和風藝術致敬

除了桌球運動，出島上的荷蘭人還為日本帶了很多新鮮事物，包括番茄、巧克力、咖啡、草莓等等，這些新鮮的歐洲「來路貨」，經過出島，傳遍整個日本。

但藝術方面則相反，如果你看過 Vincent van Gogh（梵高）的一

幅名畫《The Starry Night》，以及一幅浮世繪名畫《神奈川沖浪圖》，你會發覺原來兩者畫風有着驚人的相似之處，原來，《The Starry Night》正是梵高向日本浮世繪致敬的一幅作品。

當時日本處於鎖國，梵高如何得知日本浮世繪的畫風呢？原來也與出島有關。當年荷蘭人住在出島，循規蹈矩，沒有進行任何傳教活動，只是專心打理茶葉生意，他們所售賣的茶葉，傳統上會以浮世繪畫來包裝。荷蘭人梵高看見這種茶葉包裝紙，一見傾情，再見傾心，第三次見到更為這種畫風改了名字：Japanaiserie，意思就是「日本情趣的一種畫風」。

綠眼睛的義士──哥拉巴

19世紀，大量西方人來到亞洲尋找新機會，當時的上海被譽為「冒險家的樂園」，至1859年長崎開港，首家在上海開設分行的外資企業怡和洋行得知，立時決定分一杯羹，在日本長崎建立分行。怡和洋行找來了一個21歲的蘇格蘭年輕人 Thomas Glover（哥拉巴），到長崎為怡和開山劈石。然而，相信 Thomas 自己都沒想過，一來日本便停留一輩子。他自21歲來到長崎開拓事業，然後結婚生子到離世，一直未曾離開過這個地方，而他的一生，更改變了日本的國運。

香港上環有一條「伊利近街」，佐敦有一條「白加士街」，這兩位人物都是中國歷史書中無惡不作的帝國主義者，他們攻打中國，火

綠眼睛的義士──哥拉巴

哥拉巴先生舊居

燒圓明園，逼迫中國政府簽下很多不平等條約。不過，他們的同鄉哥拉巴，則相當受日本人愛戴。他來到日本，日本人不但沒有把他當作殖民主義者或者是帝國主義者，反敬他為幕末志士，為他改了一個名字叫做「綠眼睛的義士」。明治天皇更親自頒授旭日勳章給他，表揚其功績。為甚麼哥拉巴能得到如此待遇？其一，日本人不覺得外國人來日本是宣揚「殖民主義」；其二，這些外國人為日本的現代化，作出了巨大的貢獻。

　　不過，這位哥拉巴並不是普通商人。他表面上販賣絲綢和茶葉，實際上主要的生意是走私軍火，他走私軍火給誰呢？答案是：「兩邊通吃」。他一方面賣軍火給江戶幕府，另一方面將更精良的軍火賣給反幕府的人，協助薩長土肥等強藩武士，鼓勵他們反幕府。

哥拉巴園──兩代人的見證

　　當哥拉巴來到長崎，日本已經放棄鎖國政策，因此他不需要被困在狹小的出島，他選擇了在長崎的山頂，建造一座漂亮的維多利亞式木屋──長崎著名的觀光景點哥拉巴園（Glover House）。這裏地理位置優越，可以俯瞰整個長崎港。哥拉巴過世後，他的兒子富三郎繼承了這所漂亮的哥拉巴園。

哥拉巴園，還有其他長崎洋式建築。

　　當到了二戰時期，由於這座建築居高臨下，從屋內更可眺望對面的三菱造船廠，適逢當時軍方正委託三菱製作一艘巨大的航空母艦「武藏號」。富三郎因擁有一半英國血統，算是半個外國人，日本政府因此不想讓他得知航空母艦的製造情況，便強迫富三郎把這間祖屋以低

價賤賣給三菱。

1945 年，二次大戰尾聲，長崎被美國原子彈轟炸，傷亡慘重，富三郎得知後傷心欲絕，最後這位既是英國人，又是日本人的第二代，選擇自殺身亡。哥拉巴家族父親非常喜歡日本，離鄉別井從蘇格蘭千里迢迢來到長崎定居，最終兒子竟然因自覺身份尷尬，在長崎自殺，這的確是一個傷心的結局。

隨着富三郎自殺，他父親遠渡重洋在這個遠東港口建立的事業，也畫上了句號，空留哥拉巴園裏飄着悠揚的蘇格蘭風笛音樂，代表着日本人對這對蘇格蘭父子，永遠的懷念和感恩。

三菱重工長崎造船廠

1861 年建成的長崎造船廠，是日本第一間現代西式工廠，倒幕後船廠被政府接管，1884 年船廠又被三菱接手，並由其管理至今。國父孫中山與長崎甚有淵源，他的軍艦中山艦，就是在三菱重工長崎造船廠製造。

長崎造船廠第三船塢於 1905 年建成，建成時長 222.2 米，底寬 27.0 米，深 12.3 米，載重達 30,000 噸，是當時亞洲最大的船塢。1909 年 12 月，長崎造船廠又建成了巨型吊臂，裝備日本第一座電磁起重機，起重能力達 150 噸，至今仍在使用中。

滙豐銀行長崎支行——日本首家銀行

長崎作為日本第一個對外開放的港口，允許外資進入的城市，想當然擁有全日本第一間銀行。香港上海滙豐銀行長崎支行，不但是全

日本第一家銀行，也是長崎市現存最大的一座石造建築。

　　說起銀行，這個字最初當然只有英文 Bank，「銀行」這個名稱又是從哪裏來的呢？原來這個字是由香港傳去的。早在日本江戶時期，香港已經奠定其亞洲金融中心的地位，1842 年開埠後三年，香港便開設了第一間現代化銀行，叫做「滙理銀行」，緊接其後又開設了「滙豐銀行」。古時中國這類機構稱之為「錢莊」，為了表現 Bank 的規模要比錢莊盛大得多，於是便出現「銀行」這個名稱。再過二十年，

銀行傳進日本，當時日本人曾想過直接音譯 Bank，或稱呼為金行，但「金行」的日文發音始終不及「銀行」容易，結果日本人便取用了香港人的翻譯，將 Bank 叫成ぎんこ（銀行）了。

滙豐銀行長崎支行

見證中日友誼

　　雖然香港上海滙豐銀行長崎支行以典型愛德華風格建成，不過來到日本，多少也糅雜了日本風格。例如屋頂，是「鴟吻」建築風格，這是典型的廟宇建築，唐朝時由中國傳入日本。

　　今天，這間長崎支行已變成一座博物館，展出國父孫中山與日本人梅屋莊吉夫婦的一段跨國友誼。梅屋莊吉 1868 年生於日本長崎，家境殷實，年輕時在香港開了一家照相館，收入頗豐。1895 年 3 月，在

英國人康得黎博士介紹下，認識了孫中山。梅屋莊吉夫婦兩人十分支持孫中山，傾家盪產也要支持他在中國進行革命，夫婦兩人更曾拍過一部電影叫《大孫文》，歌頌孫中山。孫中山過世以後，梅屋莊吉製造了很多孫中山的銅像贈予中國；而長崎支行草地上所展出的一尊銅像，則是中國國務院作為禮物，回贈長崎市的。

大浦天主堂——日本首座天主教堂

　　15 世紀航海大發現之後，歐洲傳教士沿着好望角的新路線來到亞洲傳教，其中一間教會是耶穌會，當時耶穌會有兩個最成功的傳教點：印度果亞，以及日本長崎。由於天主教在長崎大受歡迎，使當時幕府領導豐臣秀吉非常害怕，於是就宣佈禁教，殺死 26 個天主教徒，後來這些殉道教徒被封為「二十六聖人」。

大浦天主教堂，是日本首座天主教堂。

此後，天主教一直低調發展，直到 1856 年開國之後，才建造全日本第一間天主教堂——大浦天主堂。這座教堂建造的方向，就是向着當年二十六聖人殉道的地方。教堂現在已正式列入了世界文化遺產。

大浦天主堂發生過兩件很奇妙的事情：1865 年教堂剛剛建成時，突然出現十幾個自稱「吉利支丹」的天主教徒，來到教堂與神父相認。原來「吉利支丹」，就是日本的地下天主教徒，在禁教的二百多年間，他們並沒有放棄自己的信仰，更將聖母瑪利亞像雕塑成為觀音像，以隱藏他們的宗教信仰。宗教解禁後，這些教徒終於可以光明正大跟隨自己的信仰了。

另一件神奇的事情，發生於第二次世界大戰的時候，長崎受到美國原子彈轟炸，變成一片火海，只有一棟建築物絲毫無損，就是大浦天主堂，是否一個神蹟？

荷蘭坂——幕府時期的外國租界

大浦天主堂附近有一個小山坡，道路以長石條鋪成，兩旁種滿蘋果樹，這條路稱為「オランダざか」（荷蘭坂）。不過，住在這裏的不只是荷蘭人，只因鎖國時期日本人對外國的理解有限，難以分辨西班牙人、葡萄牙人、英國人、法蘭西人或者荷蘭人，統稱他們為荷蘭人，就像中國人統稱所有外國人作「紅毛」一樣。

坐落在荷蘭坂中段，有一座淡藍色的木造洋館「東山手甲十三番館」，曾是香港上海滙豐銀行長崎支店長 Mr A.B. Anderson 的住宅，以及霍姆林格商會員工的宿舍，現在已改作咖啡廳和展覽空間。在溫暖的午後陽光中，點一客包含咖啡和長崎蛋糕的「居留地套餐」，微風輕拂樹梢，偶遇當地的三味線和沖繩三線音樂人來此彈唱，好不愜意。

洋人治外法權

荷蘭坂曾經是外國人的居留地，即是中國所稱的「租界」。租界的設立，是因為在租界居住的外國人，並不相信當時中國或者日本兩個國家擁有健全的法律，因此他們要求治外法權，採用自己本身西方的法律，來保障自己國民安全。

除了外國租界，中國與日本還有另一個共通點——不平等條約。幕府時期的日本政府，一度被迫簽下許多不平等條約。直到明治時期，明治天皇頒佈了亞洲第一部憲法，實施三權分立，開始採用西方的大陸法，建立健全的司法制度，令外國人開始對日本法律有信心，十年之後的 1899 年，明治政府成功廢除了所有不平等條約以及租界。反觀中國一直到 1945 年二次世界大戰結束以後，在外國政府的協助下，才得以取消之前簽署的不平等條約。

龜山社中——日本第一間株式會社

隱藏在長崎郊區的民居之中，誕生了日本也是亞洲第一間公司、株式會社：「龜山社中」。社長是一個思想超前的武士，無人不識的坂本龍馬！他做甚麼生意？很簡單，走私軍火！

當時，他在長崎的外國勢力哥拉巴幫助下，由英國走私軍火進幕末日本，用幾乎零利潤的方式，販賣給倒幕的長州藩以及薩摩藩。由於這間株式會社沒有賺錢，最後破產。但成功促成了薩長同盟，推翻幕府，開創明治。

龜山社中現時已經成為一間博物館，展示着日本人的第一次蜜月旅行、第一個穿皮鞋的日本武士，都是前衛勇敢的坂本龍馬！他所有事情都走在別人前面，當武士仍使用長日本刀時，他已經配備了更靈

活的短刀；當所有人都在配短刀時，他已經購入一把手槍。他的朋友見狀，又去買手槍時，坂本龍馬已經在研究《萬國公法》，「短刀、短槍只可以殺人而已，而《萬國公法》則能振興整個日本！」

他是日本版的張儀和蘇秦，遊走於各大諸侯之間，合縱連橫。為了跑得快，他更穿上了全日本第一對皮靴！

坂本龍馬的皮鞋相當出名

從長崎出發，通往世界

長崎，是一個西方風味濃得化不開的城市，有山有水，和洋雜處。不過，幕府後期開放了五個港口之後，長崎便失去了她唯一窗口的功能，開始慢慢衰落，但亦正因如此，她得以保留了大量的西式建築。

中國第一條固定的郵輪航線，就是從長崎港出發，時為 19 世紀，從長崎啟航，經過一日一夜 26 個小時，便會到達中國的十里洋場上海灘，這條航線最初是由英國人經營，直至明治維新之後，日本的三

菱公司取得了這條航線的經營權，而這艘郵輪的名字，就叫做「上海丸」。

軍艦島——明治維新的工業動力

從長崎港出發，大約 45 分鐘航程，汪洋大海現奇景：遠看，似是無數高樓大廈擠在一堆，漂浮在海平面之上；近看，高達十米的防波堤後，佈滿密密麻麻的黑色大樓。然而，百年無情的海浪，已經將防波堤和大樓侵蝕得斑駁陸離，再細看，玻璃窗全部破爛，鋼筋外露，滿地狼藉，石頭磚塊、建築廢料到處都是，像是地盤，更像是災後的城市。這裏，就是著名的軍艦島，世界十大鬼城廢墟，多部電影曾來此地取景。

軍艦島曾經是明治維新最重要的工業動力來源。明治二十二年，三菱公司買下這個小島，開發島上的煤礦，當時這個島名叫端島，面積只有現時三分之一大，由於礦工及家屬人口不斷增加，地方不敷應用，便持續進行人工填海擴充。1916 年，一位《朝日新聞》記者無意中在報紙報道：「填出來的地方很像一艘軍艦啊！」於是端島多了個新名字——軍艦島。

能否登島需看天時地利

來長崎想遊軍艦島，一定要跟隨本地團，不可單獨闖島，而且上島前，還需簽署一份「生死狀」。遊船會先圍繞端島一圈，到了某個位置停下來，導遊說：「看，這像不像一艘軍艦？」果然，平坦的見學廣場，就像是軍艦的船頭甲板，高聳密集的大廈形成一體多層船身，

燈塔位置就像船長室，繞島而建的防波堤，就是軍艦外圍。

　　至於能否登島成功，也要看天時地利人和。因為軍艦島面積細小，又位於大海中間，風浪太大時船隻便無法靠岸，而且即使出發時看來風平浪靜，一出外海，也可能遇上滔天大浪。如果 7 月份到訪軍艦島，有 70% 機會無法登岸，因為 7 月份是風浪最大的季節，船隻多數難以泊岸，這時候，船公司便會圍繞軍艦島航行一圈，然後打道回府。秋天大約 10 月、11 月份，成功登島機會就高達 90%。

見學廣場窺探島民生活

　　由於軍艦島上四處都是危樓，隨時有倒塌危險，所以在島上不能任意走動。遊客只能去三個指定的「見學廣場」參觀。導遊是島上礦工的女兒，她回憶童年時在島上的生活：「父親每天在深達一公里以下的礦場工作，氣溫高達攝氏 37 度，濕度 97%！每日最開心的時間，就是工作八小時後走出礦洞，洗一個澡，洗去全身的黑炭。第一見學廣場上，有儲煤廠、員工住房，以及作為主要碼頭的第二坑道等生產設施。另外最重要的，就是大浴場，眾所周知日本人喜歡泡澡，為了讓礦工們下班後可以輕鬆一下，公司特別興建了一個大浴場。」

大浴場位於一個紅磚建築下

大浴場位於一個紅磚建築下面，所使用的水其實是加熱了的海水，只有最後用來沖身的水是淡水。即使如此，礦工仍然很開心，因為至少下班後可以洗走體垢和煤炭，變回乾淨清爽才回家。

第二見學廣場有一個綜合辦公室，是豐島煤礦的中心，在辦公室裏有一個煤礦男子公共浴室，據說浴室一直是黑色的。此外這裏還有一個泳池遺址。當年軍艦島上有很多家屬和小朋友，所以島上也蓋了一座大泳池，讓家人有娛樂的地方，這泳池大小與標準泳池差不多，不過不像標準泳池般使用消毒過的淡水，而是直接把海水引進來，所以是一個海水泳池，小朋友很喜歡來這裏游泳。

第三個見學廣場就是島上標誌性的建築物——30號大樓，這座建築建於大正時期，是日本第一幢鋼筋水泥建築，至今已超過一百年，卻仍然屹立着，足證明當時高超的建築技巧。島上還有其他大大小小幾十幢建築物，包括醫院、學校、診所，甚至娛樂中心，設施齊備應有盡有，不過當然已經全部荒廢。軍艦島上寸草不生，當時的小朋友放學後，要把從長崎運過來的泥土，再運到在天台種菜和菊花，成為日本最早的屋頂花園。

日本第一幢
鋼筋水泥建築

能源危機使軍艦島成廢墟

　　為甚麼軍艦島會由一個繁華的社區，變成沒人居住的廢墟？原因是能源危機。70 年代，石油取代了煤炭的地位，1974 年 4 月 20 日，全部五千幾個島民離開了這裏。當年離開時，大部份島民都是依依不捨，因為島上的社區鄰里關係相當密切，大家真如同住在一條船上，曾經有島上居民說過：「鄰居對我就如對父母般」，可見大家感情之真摯。

　　一個曾經繁華的煤礦小鎮，一刹那間變成現在的無人廢墟，說明了世事沒有永恆。

軍艦島，外觀像一艘軍艦。

文明堂——長崎名物蜂蜜蛋糕

　　遊客來到長崎，一定不可錯過長崎最出名的蜂蜜蛋糕，這道甜點源自於西班牙，漂洋過海來到日本後，發揚光大，真可謂「青出於藍勝於藍」，西洋菓子卻有東洋味。

　　文明堂是長崎其中一家老字號蜂蜜蛋糕店，明治三十三年開業至今，除了原味蜂蜜蛋糕，店裏最特別的產品，要數「坂本龍馬也愛吃的海援隊蜂蜜蛋糕」，海援隊蜂蜜蛋糕是最傳統的做法，單純只使用雞蛋，底部沒有砂糖，據說坂本龍馬當年新婚蜜月旅行，來到長崎大啖蜂蜜蛋糕，沒有使用任何食具，豪氣地用手拿起便放進嘴裏，成為一時佳話，更被命名為「龍馬風格」。所以現時店內現在售賣的海援隊蜂蜜蛋糕，店員不會把蛋糕切開，而是完整一個奉給客人，讓大家也豪氣地大啖這種歷史的味道。

長崎名物蜂蜜蛋糕

文明堂是長崎其中一家
老字號蜂蜜蛋糕店

要數最具人氣的蜂蜜蛋糕，則是底部有一層砂糖的蜂蜜蛋糕，那層砂糖正是精華所在，所以品嚐時一定要連底部一起咬下，吃出不同的層次感。為了迎合不同客人的需要，店內同時推出了其他口味的蜂蜜蛋糕，例如抹茶味以及濃茶味，兩者均茶味濃厚，濃茶味用上了更高級的原材料，茶味更香。

自由亭——日本首家西洋料理店

長崎作為日本鎖國時期唯一對外開放的港口，出島又是外國人聚居之地，對西洋料理想當然有一定需求。當時一位名叫草野丈吉的日本人，他在荷蘭人的指導下，很快便學會如何烹調西洋料理，並開設了日本第一家西洋料理店——自由亭。後來長崎填海，出島與陸地連接，整個自由亭建築原封不動搬到哥拉巴園，繼續經營至今。

自由亭是日本首家西洋料理店

自由亭內可以享用
日式咖啡

江戶時代，自由亭是一門獨市生意，而且作為第一家西洋料理店，收費相當昂貴，當時一個套餐收費六文錢，相當於現在的 13,000 日圓，也即人均消費幾乎要 1,000 元港幣，絕非一般平民百姓負擔得來。今非昔比，現在一個套餐只需 950 日圓，各讀者如果到長崎旅遊，不妨可以豪爽一次，來這家日本首間西洋料理店自由亭，品嚐一下江戶時代的味道。

鶴茶庵
——孫中山先生也喜歡的土耳其飯

另一道著名的長崎美食，就是土耳其飯，這道料理並非土耳其特產，而是混合了西式意大利麵、東方米飯，再加上其他配菜的日式料理。長崎著名土耳其飯專門店鶴茶庵，創業至今已有九十三年，現在已經傳到三代目，即第三代傳人。

最傳統的土耳其飯，是用炸豬扒烹製，也是這家鶴茶庵的人氣之選，除了傳統款式，店家還推出了其他口味選擇，例如海鮮、牛扒、雞肉、漢堡扒等等，此外，還有以炸蝦混合中華醬汁而成的武士風格（Samurai Style）龍馬套餐、牛肉三四郎的套餐，甚具本土特色，相當有趣。

鶴茶庵——孫中山先生
也喜歡的土耳其飯

九十三年來餐廳不乏名人惠顧，其中最出名的食客，就是我們的國父孫中山先生。餐廳門外有一座石碑，上面寫着「孫文先生故緣之地」，原來當年孫中山先生搞革命的時候，長崎的《東洋日出新聞社》社長，時常給予孫中山先生各方面的支持，所以長崎可說是支持他進行革命的基地，孫中山先生一生總共來過長崎九次之多，每次到訪，他也會來這家餐廳，品嚐美味的土耳其飯，更曾在這裏留影。

和洋風滿漢全席

　　來到長崎，記得不要錯過桌袱料理，桌袱料理類似中國的「滿漢全席」，料理烹調手法則糅合了中華風、西洋風（荷蘭、葡萄牙）、和風三種不同特色。鎖國時期，桌袱料理是很高級的，並非一般人能負擔得起，但時至今日，這種料理已經漸漸普及。

桌袱料理套餐包括：

湯：加入丸子、豆腐以及蘑菇熬製的清湯。

煮物：包括芝士、隱玄豆。

小菜：鯨魚刺身（原來長崎至今仍保留吃鯨魚的傳統，還有本地

桌袱料理

出產的新鮮刺身）、蝦多士（從發音到做法，都完全是我們廣東菜中的「蝦多士」）、角煮（即中國料理中的東坡肉）。

當然，整個套餐還有許多其他菜式，以上介紹的只是其中比較特別的幾款，如果大家的旅費足夠的話，還可以嚐嚐「甲必丹套餐」，比平常的套餐多出一道鐵板燒。一般來說，一道桌袱料理套索價要20,000日圓。但這家餐廳的老闆，希望人人能吃得起如此美味的高級長崎料理，因此特以親民價錢作招徠，一人份量桌袱料理套餐只需要3,900日圓而已。

 明治美食

啤酒

明治維新，全面西化，將日本由一個只喝清酒的民族，變成一個愛喝啤酒的民族。第一位代表外資企業來日本開荒的哥拉巴，也是一位愛啤酒之人，當年他擔任三菱公司顧問，要生產一款自家品牌的啤酒，於是他便想到用中國的神獸麒麟作為這款啤酒的名字，只因為他自己很喜歡放在福岡天滿宮的神獸——麒麟，所以就叫做 Kirin Beer（麒麟啤酒），是日本唯一一款用中國神獸命名的日本啤酒，也是一個香港人頗為熟悉的啤酒品牌。

說到啤酒，日本人喝啤酒也有自己一套藝術文化，這方面我本人深深有所體會——我曾在日本公司工作超過二十年，日本公司流行喝酒文化，工作或會議結束後，大多會跟老闆或同事一起喝酒吃飯。來到餐廳，老闆會問大家：「大家想喝些甚麼？」這個時候千萬不要點橙汁或者可樂，清酒也是不合規矩的，日本人有句俗話叫做「とりあえずビール」（先來杯啤酒）或者簡稱「とりビー」。「とりビー」是甚麼意思呢？就是說：「別管那麼多，先來一杯啤酒。」所以日本人下班後聯誼的第一杯飲品，一定會點啤酒。也正因為這樣，令日本成為當今世界啤酒大國，一年的銷量高

達六億箱。

　　啤酒送來後，大家就會舉起酒杯齊喊一聲：「乾杯！」但千萬不要真的一飲而盡，因為這是十分沒禮貌的行為。日本人所指的「乾杯」，實際上只是碰杯而已，並不是真的乾杯；如果真的需要乾杯，也即英文中「bottoms up」或者中文的「飲勝」，日語叫做「いっきのみ」或者「いっき」，即一口氣喝掉的意思。

　　日本人乾杯以後還要說一句：「お疲れ樣です」，意思是「大家辛苦了」，這也是我第一句學懂的日文，而且要經常掛在口邊。此外，跟老闆乾杯的時候，要留意自己酒杯的位置，酒杯口不能與老闆的相同水平甚至更高，因為放得高就等於要僭越他，平放即表示你把老闆當作平輩，也是相當沒有禮貌的行為。

　　日本人甚至為社會新鮮人加入入職場時的啤酒禮儀，專門出版了相關書籍，叫做《かんばいのマナー》，即《乾杯的禮儀》。

和製漢語

電話

　　「喂，可以把你的德律風號碼給我嗎？」相信讀者不會明白「德律風」是甚麼意思。但若說日語「でんわ」（電話）或者「けいたいでんわ」（携帶電話），那相信沒人會聽不懂了。

　　1860 年美國人發明了一部新的機器，這部機器能將聲音從很遠的地方傳到另一個地方，美國人給這項發明取了個名字：Tele-phone，Tele 意思是「遠」，Phone 就是「聲」，這個字在英文中也是一個新創的詞彙。

　　明治九年，第一部 Telephone 傳入了日本和中國，當時中國一位翻譯大家嚴復覺得，這部機器的名字簡單，不如直接翻譯，Telephone 譯成「德律風」，既容易記住，又容易發音。

　　但日本人並非這樣想，他們認為應該有更好的翻譯名字，日本翻譯家

思考良久，想到：「帶電的聲音」，於是就叫它做「電話」。相比起「德律風」，「電話」這個詞更為形象化，也更容易明白它的功用。時間是最好的驗證，經過了一百五十年，大家都習慣了用「電話」這個和製漢語。

明治生活

姓名

明治之前，除了德川家康、德川慶喜，或者豐臣秀吉這些大名武士將軍是有名有姓之外，95% 的日本人是有名無姓的。直到明治三年，為了方便統計人口、上戶籍以及徵兵，日本天皇發佈了一道命令，叫做《苗字必稱令》，要求每一個國民都要改一個姓氏。

命令突然下來，上哪兒找來一個姓氏呢？不用擔心，就地取材便可以了：你家前面有一座山，那就叫「山口」吧；你的屋子在田中間，就叫「田中」好了；你的屋前有一棵松樹，姓「松下」如何？你家附近有一個渡口，那就姓「渡邊」吧。所以日本人的姓氏，大多從居所附近的環境而來，例如長野、下野、石井、石山等，可見當時取名字的要訣：不求高深，但求方便。

明治人物

坂本龍馬

倒幕先鋒坂本龍馬，是明治維新的大功臣，幾乎所有事情都走在別人的前面。

坂本龍馬其中一項偉大的功績，是將兩個主要的強藩——鹿兒島薩摩

藩及山口縣長州藩——結合在一起，組成「薩長同盟」。此外，大政奉還、民主自由、議會政治等這些概念，都是龍馬在他的《船中八策》中提出來，完成撰寫「船中八策」後不久，他就遭到暗殺，享年只得 33 歲。

【漫遊明治維新地圖——長崎】

1. 出島

位於離長崎中央火車站不遠

門票：510 円（成人）、200 円（15 歲 -17 歲）、
　　　100 円（6 歲 -14 歲）

時間：8:00-21:00（年中無休）

交通：電車（由 JR 長崎站，乘搭長崎電鐵往出島站或築町站
　　　下車，步行約三至五分鐘）

地址：長崎縣長崎市出島町 6-1

網站：https://nagasakidejima.jp/en/

2. 哥拉巴園及荷蘭坂附近

　　由火車站坐市電可達。此區有哥拉巴園（包括自由亭）、大浦天主堂、滙豐銀行長崎分行、荷蘭坂、常盤碼頭（軍艦島）等，皆可信步可達。建議住在此區，觀光更為方便。

門票：600 円（成人）、300 円（15 歲 -17 歲）、
180 円（6 歲 -14 歲）

時間：8:00-18:00 （夏季設有晚間開放時間）

交通：大浦天主教堂下電車站下車後步行約五分鐘

地址：日本長崎南山手町 8-1

網站：http://www.glover-garden.jp/chinese

3. 鶴茶庵（土耳其飯）

營業時間：9:00-22:00

交通：長崎路面電車「思案橋」站下車步行兩分鐘

價錢：土耳其飯 1,280 円；鶴茶庵的名物「ミルクセーキス」
　　　日圓 680 円

地址：長崎縣長崎市油屋町 2-47 號

4. 桌袱料理

營業時間：11:00-22:00（L.O. 20:30）

價錢：3,900 至 20,000 円

交通：使用 JR，從「博多站」乘坐「限速快車」，在長崎站下
　　　車（約 2 小時），再從長崎站前站乘坐電車，到在「思
　　　案橋電停」站下車，步行約一分鐘。

地址：長崎縣長崎市鍛治屋町 6-50

網站：https://www.sippoku.jp/nagasaki/

5. 龜山社中

位於郊區

開館時間：9:00-17:00 （無休館日）

地址：長崎市伊良林 2 丁目 7 番 24 號

門票：成人 300 円，高校生 200 円，小中學生 150 円

網站：http://www.city.nagasaki.lg.jp/kameyama/index2.html

6. 軍艦島

　　登陸最佳月份為秋天，因為風浪細小。夏季只有三成機會登陸成功。

　　長崎有幾間公司經營軍艦島渡輪，船公司要求 60 天內至 90 天內才能上網預約，我兩次登島都是這家軍艦島コンシエルジュ，他們也經營軍艦島數碼博物館。上船為常盤碼頭，近哥拉巴園。

軍艦島コンシエルジュ

電話：095-895-9300

網站 http://www.gunkanjima-concierge.com/

やまさ海運（株）

電話：095-822-5002

網站：http://www.gunkan-jima.net/

軍艦島クルーズ

電話：095-827-2470

網站：http://www.gunkanjima-cruise.jp/

（株）シーマン商会

電話：095-818-1105

網站：http://www.gunkanjima-tour.jp/index.html

7. 文明堂

　　蜂蜜蛋糕老店，節目中採訪的是總店，但如果只是去買蛋糕，可以考慮哥拉巴園入口斜坡對正十字路口的分店。斜坡上十多家店都有賣蜂蜜蛋糕，文明店因為名氣響亮而賣到二千多円，其他不知名品牌也有最平 300 円的便宜貨，包裝簡單，當早餐或火車上零食自用亦不錯。

地址：長崎縣長崎市江戶町 1 番 1 號（鄰近出島碼頭）

時間：8:30-19:30

FB：文明堂總本店

網站：https://www.bunmeido.ne.jp

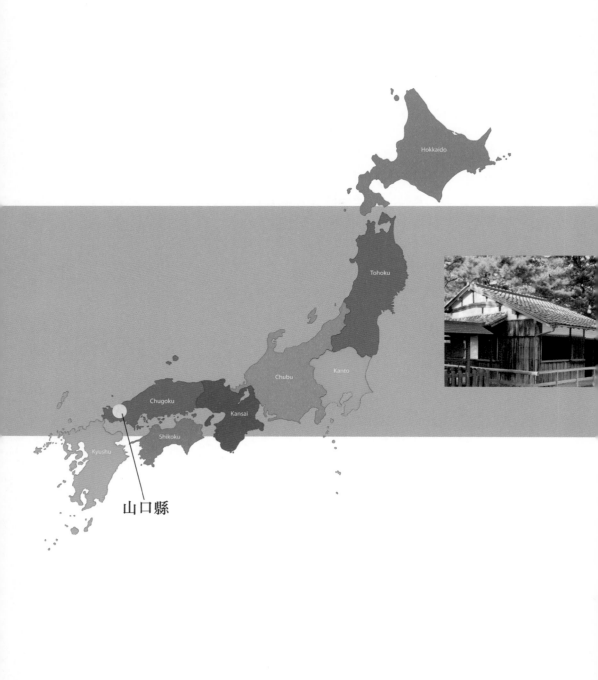

山口縣

新日本誕生之地

第三章

山口縣

山口縣，位於日本本州最西面，是一個面積很細小的縣，人口只有一百多萬，然而這裏名人輩出，更曾有九個日本首相出身於此，包括日本第一任首相，日本憲法創始者伊藤博文，以及現任安倍經濟的安倍晉三。所以山口縣還有個別名：首相縣。

山口縣，幕府時期大名鼎鼎的長州藩，同時也是明治維新思想的根據地，新日本誕生之地。

萩市──明治維新胎動之地

一百五十年前，山口縣是長州藩的藩廳所在，當中有個不甚起眼的小地方叫萩市，寧靜婉轉的阿武川橫跨萩市，市區人煙稀少，河邊種滿了羅漢松，行人路旁邊鮮花盛放，但就是沒有行人。如此一個小鎮，是以怎樣的勇氣和智慧，改變了日本的國運？

走在寂靜的萩市古城，小路兩旁都是江戶時代武家屋敷「長屋門」──房屋下方用大石頭砌成地基，上面以杉木及土牆建築，古意甚濃。萩城下町分為上級武家地、舊町人地。上級武家地的屋又大又漂亮，但是沒有甚麼名人蹤跡。

明治維新的志士全部出自於相隔一條街的舊町人地，這邊沒有上級武家地般華美，房屋面積較細小，居住的人主要是低下階層武士、商人，生活亦較貧乏。眾多幕末志士如木戶孝允、高杉晉作、田中義一、伊藤博文、山縣有朋等，全部來這裏，大家是左鄰右里，志氣高昂，一鼓作氣推翻了幕府，齊心開創了明治維新的新局面，所以萩市又有另一個名稱，就是「明治維新胎動之地」。

英雄遲暮的城市

位於河邊的萩市溫泉旅館「常茂惠」，於大正十四年（1925年）開業，旅館中有一間小小的明治維新陳列室，可以看到一幅1974年諾貝爾和平獎得主，日本首相佐藤榮作書題字：「明治維新胎動之地」。佐藤榮作是山口縣人，也是現任日本首相安倍晉三的外叔公，其親兄長岸信介亦曾出任首相，真可謂首相家族。

今天的萩市，廣場上展示着倒幕志士的銅像，街頭上還有他們的小錫像和介紹，但不論是上級武家地、舊町人地，還是廣場上，都是冷冷清清，行人稀少。即使在市中心的商店街，也只有一兩個挂着拐杖慢慢行走的老婆婆。商店多是售賣買瓷器、吳服、紙扇、糕點為主的老式店舖，最大的店舖就是藥妝店，最高的建築物是醫院，生意最好的就是賣墓地墓石的商店，每天都有源源不絕的人來幫襯……當年倒幕志士輩出的萩市，如今已經英雄遲暮。

乘人力車感受古城風味

來到萩市，可以選擇乘坐人力車閒逛下町，感受一下明治時代的街頭。人力車英文是 Rickshaw，日文「じんりきしゃ」就是英文 Rickshaw 的詞根。人力車是在明治三年誕生，當時一位住在橫濱的外國人，發明了一部人力車給自己乘坐，誰知大受歡迎，傳遍整個日本之餘，更傳到對岸的上海。

萩市下町乘坐人力車的收費是每小時3,000日圓，折算約210港幣，在一小時之中，你會經過下町古色古香的房屋，這些房屋有個美麗的中文名字，叫作「粉牆黛瓦」，粉牆就是指屋外白色的牆，黛瓦則是指屋頂黑色的瓦，這是唐宋時期的一種中式建築風格，一直保存至今。

萩市——明治維新胎動之地，可乘人力車遊覽古色古香的街道。

明倫館——全民教育的開端

　　明倫館是當時一間教育機構，是一所藩校，那個年代只有精英階級專屬武士才可以接受教育，明治維新其中一位重要人物吉田松陰，

便曾在山口的「明倫館」學習兵法與四書五經。

　　明倫館的名字，取自《孟子》「學則三代共之，皆所以明人倫也」，證明當時藩校所教的，就是孔孟的思想。到了明治維新，整個教育制度出現 180 度的轉變，藩校改成明倫小學校，推行全民普及教育，接受教育不再是武士的專利。

　　當時明治天皇有句名言：「國無不

明倫館是當時的教育機構

學之人，村無不學之人，家無不學之人」，他要求全國人民上小學，這奠定了明治維新成功最大的基礎。

松下私塾——革命思想發源地

教育的改革，不單止全民普及教育，教育內容也隨着一班有志之士的新思維而改變。出身自長州藩的著名思想家吉田松陰，提出「一君萬民論」，主張天皇之下，萬民平等，因此幕府應該被消滅。

吉田松陰原本是一個下級武士，脫藩^(註1)之後，遭幕府軟禁，不得離開家門，於是借用了叔伯的私塾，改名松下私塾，在這個只有八疊大小的簡陋茅廬開始講學，教授反叛的革命思想，並以包膳食的模

松下私塾——革命思想發源地

式錄取了一批學生，當中幾乎有一半人後來加入了明治政府，包括高杉晉作、伊藤博文等等。

松下私塾已入選世界文化遺產

立誓打造新日本

　　早年在明倫館學習期間，吉田松陰已經與別不同，除了四書五經，課餘時他還會閱讀「禁書」，所謂「禁書」，就是由中國傳過來的《海國圖志》，這本奇書由林則徐編寫，介紹了全世界的地圖和環境，吉田松陰看過這本書，對西洋事情產生了莫大興趣，也發現西洋的文明和科技，比日本先進得多，下定決心要走一條不一樣的道路。

　　吉田松陰常向學生說：「新しい日本作る！」（我們要做一個新的日本出來！），果然，在他過世七年之後，幕府被推翻，明治政府

成立，成就了一個新日本。這家松下私塾可說是明治維新最重要的思想發源地。

從私塾到神社

1853 年黑船來訪，吉田松陰夜探黑船，向培里將軍表明希望跟隨他到美國學習新事物，可惜遭到拒絕。由此可見，中國人和日本人，對於外國人的態度不盡相同，培里將軍曾說過：日本人的好奇心，遠遠大於對岸的中國人。伊藤博文亦說過：「中國人最大的缺點是自大。」

松下私塾今天已變成為一間神社，改名松陰神社，並被列入世界文化遺產。在神社中，吉田松陰被奉為學問之神，神社的松樹上還掛滿了學生來求學業成功的籤文。

創立首支西洋武器部隊——高杉晉作

遊萩市，除了欣賞古色古香的房屋，還可參觀充滿書卷氣的名人故居，吉田松陰最得意的門生高杉晉作，其故居就在萩城下町。高杉晉作可說是改變歷史的下層武士當中，最傳奇的一位，也是最早過世的一位，死時才 27 歲。

高杉晉作亦是伊藤博文的師兄，他從老師吉田松陰身上，學到尊王攘夷的思想，於是成立了日本第一隊，亦是長州藩第一隊使用西式武器的西化部隊，叫做「奇兵隊」。這支「奇兵隊」以 80 人起兵，但這 80 個人全都不是武士，只是一些販夫走卒，可見高杉晉作個人魅力之強，吸引許多廣大平民願意跟隨他。

高杉晉作是首位讓平民加入武裝組織的武士，在日本開創先河。

這支「奇兵隊」先後與幕府交戰數次，每次都凱旋而歸，軍隊日益壯大，可惜，高杉晉作在 27 歲年紀輕輕就不幸去世，未能看到明治維新成功的一天。

高杉晉作本身是一個喜歡不按規章出牌的人，他曾說過一句名言：「要將這個沉悶的世界變得更加有趣。」他認為幕府的時代太沉悶，所以要增添一些趣味。他更曾發動一場戰爭跟四個國家對抗，要趕走外國人，就是「馬關戰爭」，當年他率領長州藩的軍隊砲轟四個國家的商船，認為自己這是「攘夷」。

最後長州藩軍隊吃了敗仗，高杉晉作自己走到船上去和英國人談判，最終談判成功，沒有答應英國人任何條件，不需割地、不需賠款，英國人打了勝仗卻沒有獲得任何領土或賠款，這和中國在鴉片戰爭敗仗後割地賠款是何等不同的待遇，也足見高杉晉作這位草莽英雄不枉虛名。

草擬亞洲首部憲法——伊藤博文

離開松下私塾，可以來到吉田松陰另一位得意門生，日本第一任首相伊藤博文的故居。伊藤博文的名字出自於中國《論語》：「君子博學於文」，他博學多才，能說流利英語及漢語。

伊藤博文出生時，日本正處於幕府末期，是一個貧窮而封建的農業社會，推翻幕府後，他草擬了日本第一部憲法，亦是亞洲第一部憲法。甲午戰爭後，他代表日本與清政府簽訂《馬關條約》，當時他見到李鴻章，第一句說話就是：「一萬年來誰著史」，這句說話真是他一生最好的描述。因為，沒有伊藤博文，日本可能沒有第一部憲法，清朝亦不會這麼快滅亡，台灣亦不會割讓給日本。

伊藤博文過世後被封為公爵，所以故居中豎立着他的雕像，身穿

洋服，全身西化的形象，
石碑上寫的是「公爵伊藤
博文」，他就是代表明治
維新的一個很重要的人
物，日本第一任首相。

伊藤博文故居銅像

湯田溫泉──狐狸的傳說

　　離開萩市，跟隨當年坂本龍馬的足跡，來到湯田溫泉，當年坂本
龍馬、西鄉隆盛、高杉晉作等幕末志士，一邊泡着溫泉，一邊敲定了
一個改變歷史的世紀大協議。

　　六百多年前，有一個農民偶然見到一隻白狐狸，每晚都會去同一
個地方，這個農民好奇心起，便跟蹤着狐狸，最終發現原來白狐狸每
晚都會去一個溫泉療傷，就是今天的湯田溫泉。據說這個溫泉有特別

的療癒效果，所以在火車站前坐立着一座很大的狐狸像。

狐狸在中國和日本有兩種截然不同的命運，在中國，當我們很懷疑一個人時，就會說「滿腹狐疑」，因為狐狸是一種既狡猾，又多疑的動物；但在日本則完全相反，狐狸是財神爺稻荷神的一個信使，所以日本人相當崇拜狐狸。日本還有一種烏冬叫狐狸烏冬，因為傳說這個財神爺信使很喜歡吃油豆腐，所以油豆腐的別稱也叫做「狐狸」。

松田屋——傳統溫泉旅館的一泊二食

明治維新之後，日本出現了一種新的酒店，就是 Wayoshitsu，Wayoshitsu 是指和洋室酒店。至於典型的溫泉酒店，則仍以和室為主，和室的特色，是在房間中間有一個六疊（即六張榻榻

松田屋是傳統和式旅館

松田屋裏有一個漂亮的
日式庭園

72

米）的空間，睡覺和進食都是在這裏進行，日文叫做一泊二食，「一泊」是指一晚住宿，「二食」則指包含晚餐和早餐。

這次來到湯田溫泉，我選擇下榻傳統溫泉旅館松田屋，旅館裏有一個漂亮的日式庭園，手拿一杯綠茶，望着這個庭園，耳邊再傳來淅瀝的雨聲，你會明白甚麼是「日式美學」。

「雪月花時最懷友」——這是諾貝爾文學獎得獎者川端康城，用來形容日本美學的詞句，日式的美，就是模仿大自然的環境，四時不停變化，春季櫻花夏季綠樹，秋季紅楓冬季白雪，四時景象變化萬千，帶來不同感官享受。

維新之湯——倒幕成功的功臣

松田屋還有一個重要的歷史名勝——「維新之湯」，這個溫泉池看來十分普通，但卻是奠定倒幕成功的關鍵地方。當年，坂本龍馬就是在這裏説服了薩摩藩和長州藩結盟，兩藩達成合作協議，結成「薩長同盟」，一起推翻德川幕府。

「薩」是薩摩，即現時的鹿兒島；「長」是長州，即現時的山口縣。薩摩藩和長州藩是幕府末期最強大的兩藩，所謂「一山不能藏二虎」，兩個藩的關係本來很差，加上當時的薩摩藩原本是支持幕府，又從長崎哥拉巴（Mr Thomas Glover）那裏取得精良的武器，所以如果沒有薩摩藩的支持，長州藩沒可能單獨成功倒幕。

此外，薩摩藩更曾經兩次打敗長州藩，第一次交戰是在京都，薩摩藩將長州藩的藩兵逐出京都，第二次則聯同會津藩在幕府指示下進攻長州藩，長州藩吃了兩次敗仗，因而相當憎恨薩摩藩。

在溫泉中誕生的聯盟

　　這個時候，一個扯不上關係的四國浪人出現了，他就是坂本龍馬，龍馬多次來到薩摩藩，説服西鄉隆盛與長州藩的高杉晉作見面，最終西鄉隆盛被他感動了，便帶着幾個精鋭的藩士，包括著名的大久保利通，來到山口縣的湯田溫泉浸溫泉，並與高杉晉作見面。

　　為何要浸着溫泉商討國家大事？因為日本武士總會隨身攜帶一把長刀和一把短刀，薩摩藩士更會佩帶手槍，大家把武器全部藏在衣衫之內，而浸溫泉的話，需要脱光衣服，便藏不了刀槍，雙方得以「坦誠相對」。

　　在坂本龍馬精心安排下，勢不兩立的兩個藩一起脱光光，邊浸溫泉邊達成了很重要的「薩長同盟」，由薩摩藩提供武器，長州藩則用大米跟薩摩藩交換，共同推翻幕府。幕府樹倒猢猻散，其他藩發覺再沒有人支持幕府，也紛紛背離幕府，最終幕府只好將政權交還給天皇。

維新之湯，西鄉隆盛與高杉晉作在這裏肉帛相見，坦誠相對，達成薩長同盟。

自古英雄出少年

　　維新之湯現在已經變成家族溫泉，相當受歡迎，有機會來到松田屋的話，不妨到前台預約泡湯，感受當時坂本龍馬、高杉晉作、西鄉隆盛這些英雄，當年在這傾談的情況。

　　明治維新政府有很重要的三個人物，叫做「維新三傑」，這「三傑」也是來自薩摩和長州這兩個藩，他們三人首次聚首的地方，就在松田屋後方的一個涼亭。為甚麼維新三傑中，沒有另外兩個更加重要的人物高杉晉作和坂本龍馬？只因兩人在維新運動成功前已經過世，一個被暗殺，另一個患上肺病，27歲便與世長辭，連西鄉隆盛也自殺身亡。因此達成「薩長同盟」的三位大功臣，都未能親眼見證倒幕的成功，留下的，只有一個個傳奇故事。

註1：脫藩：江戶時代所有武士都由藩主統領，脫藩即是指脫離藩主控制，類似今天放棄戶籍。

明治美食

餃子

　　我自己很喜歡吃日本的餃子，其中一家餃子店，相信香港人一點也不陌生，就是：餃子王將。這家公司賣餃子賣到成為了上市公司，在全日本有七百多家分店，獨沽一味做煎餃。

　　説起煎餃，有沒有想過為甚麼日本人只愛吃煎餃，不吃水餃？根據日本作家新井一二三研究這是關於日本人一個很悲傷的集體記憶：二次世界大戰時，美軍在日本長崎和廣島投下了原子彈，當時長崎和廣島的河流上漂浮着很多平民百姓的屍體，屍體漂浮在水面上，日本人覺得很像水餃，是讓人非常傷心的記憶，所以日本人，尤其是老一輩的日本人，到今天都

不肯吃水餃。

我自己煮餃子的話，會準備一個家鄉醬汁：大蒜切碎後加入柚子醋，然後加上韓國的辣椒粉和砂糖，這個中日韓式的混合醬汁，只此一家。

 ## 和製漢語

接吻

相信大部份香港人都覺得自己不會說日語，不過，我和你的日常對話中，其實很多時都滲入了一些和製漢語，「接吻」這詞便是一個例子。

「接吻」這個字翻譯自英文 Kiss，但中國自古是禮儀之邦，男女情侶從來都不會在公眾場合接吻，因此古代漢語中也沒有「接吻」這個動詞。在漢字中，「吻」是一個名詞，意指動物的嘴巴。如果大家對中國古代建築有些研究的話，就知道傳統建築物的屋頂上，有一對鴟吻，這個「吻」就是指鯨魚的嘴巴。

明治維新時期，日本人大量翻譯西方著作，他們發現了 Kiss 這個字，怎樣翻譯好呢？翻譯家想到了用「吻」這個字，Kiss 是把「兩張嘴巴接合在一起」，於是，「接吻」這個動詞便誕生了。

 ## 明治生活

年號

到日本旅行時，常碰到有人問我多少歲？我多數會回答他們：我生於昭和四十四年。年輕人聽到都會呆一下，因為現在年輕人是「平成人」，即生於平成年間。

明治天皇之前，一個天皇有很多年號，例如孝明天皇就一共改過七次年號。直到明治天皇登基，改號明治元年，開始實行一世一元的年號制度，即一個天皇只有一個年號。

年號的來源，多數取自中國的四書五經，例如「明治」，就是出自於中國《易經》的「向明而治」；「平成」則來自中國《書經》的「地平天成」。兩者都容易發音，也容易記住。

2018 年日本年號「平成」，那天皇是否可以叫做「平成天皇」呢？答案是不可以！當今在位的天皇，叫做「今上天皇」，即「當今聖上」的意思，要等他卸任退位以後，才可叫做「平成天皇」。平成三十年（2018年）是平成末年，「今上天皇」退位，2019 年 5 月 1 日就正式改朝換代，現在稱為「令和」元年了──這是第一次不是取自中國古籍的年號。

明治人物

吉田松陰

吉田松陰可說是明治維新最重要的啟蒙思想家之一，他開立松下私塾，教授傳播新思想。吉田松陰思想向來前衛大膽，1853 年黑船來訪時，他連夜游泳上船，向美國培里將軍表明希望跟隨他到美國學習新事物，然而遭培里婉拒。但也由於他的思想太前衛，29 歲時被幕府處死，在他被砍頭的七年後，他的學生實現了他的遺願：推翻幕府，改變了一個新時代──明治。

高杉晉作

高杉晉作 19 歲時進入松下私塾，跟隨吉田松陰學習尊王攘夷思想。他本身是個怪人，總不愛按章出牌，25 歲時一手創立日本首支以平民百姓組成，但使用西洋武器的部隊「奇兵隊」。

他的愛情生活也多姿多采，除了正式結婚的太太高杉雅子外，還有不少女朋友甚至私生子，他臨終時，要求師弟伊藤博文叫來一位藝伎在他面前跳舞，然後說了一句：「要將這個沉悶的世界變得更加有趣。」便與世長辭，終年只有 27 歲。

【漫遊明治維新地圖——山口縣】

1. 山口縣：世遺萩市下町

　　萩市火車站有巴士前往下町，面積不大，信步可達。可以租單車、坐人力車，後者 3,000 円一小時。

高杉晉作故居位於下町，門票 100 円。

地址：山口縣萩市椿 3537-3

網站：http://www.hagishi.com/course/jyokamachi.html

2. 明倫館

由下町步行可達明倫館，免費入場。

地址：萩市大字江向

網站：http://hagishi.com/search/detail.php?d=100040

3. 松下私塾：世界文化遺產

由下町有巴士可達。免費入場。

私塾後面是松陰神社，免費入場。

地址：山口縣萩市椿東 1537（松陰神社敷地內）
交通：萩循環巴士（萩循環まぁーるバス）東迴路線於「松陰
　　　神社前」下車即達
時間：松下村塾外觀自由見學
備註：寶物殿及歷史館需另行支付參觀費用
松陰神社網站：http://www.shoin-jinja.jp/
松下私塾網站：http://hagishi.com/search/detail.php?
　　　　　　　d=100009

4. 萩市酒店

萩之宿常茂惠旅館，一泊二食 44,700 円。
地址：山口縣萩市土原（ひじわら）608-53
網站：http://tomoehagi.jp

5. 湯田溫泉 松田屋

　　由湯田溫泉火車站，步行 20 分鐘，可到達溫泉街。松
田屋旅館是史蹟，內有明治維新史料館。松田屋一泊二食為
52,140 円。
溫泉街也有其他旅館和餐廳，豐儉由人。
地址：山口縣山口市 湯田溫泉 3-6-7
網站：http://www.matsudayahotel.co.jp/sp/

Hokkaido

Tohoku

Chubu

Kanto

Chugoku

Kansai

Shikoku

Kyushu

京都

第四章

京都

每個人的一生中，總應該去一趟那個小小的千年古都。

　　雨後的清晨，當陽光由大殿後面發射出第一道金光，地上鋪了滿目的翠綠，悉心栽培千年的青苔，頓時如同翡翠碧玉一樣晶瑩剔透。木魚聲中傳來佛經的唱咏，如同天籟，令人不禁熱淚如雨下。

　　這種感覺是屬於京都的，千年香火不墜的二千多間，大小寺廟的春風秋雨，撫慰每個路過京都的過客。

　　好讓我們，老了的時候，在黃昏人散後，好好回味，那一場風花雪月的滋味。

　　京都，這個日本的千年古都，在江戶時期只是孝明天皇的居所地點，控制國家大權則掌握在江戶幕府手中。到了幕末，西南強藩齊集京都，有的想尊王，有的想攘夷，更多的想倒幕。京都，忽然變成了政治角力的舞台。最後，倒幕義士齊集京都，一舉推翻幕府，成功改朝換代，結束了京都作為幕府首都長達一千年的歷史。

日本的靈魂之都——京都

禁門之變──倒幕展開序幕

京都，秀外慧中，一草一木，一年四季都令人心動，因為這個千年古都，世界獨一無二。京都又名平安京，自 794 年桓武天皇遷都平安京開始，便一直是日本的首都。城市規劃根據唐朝里坊制，天皇的皇居坐北向南，貫穿市中心由北至南的就是「朱雀大道」，西城模仿中國長安名叫「右京」，東城模仿洛陽名叫「左京」，最北的是「一條通」，最南的是「九條通」，即現在京都火車站附近。

京都還有一個名字，叫「萬代宮」，即千秋萬代的首都之意。平安時代之後，權力落在了幕府將軍手上，開始了漫長的幕府統治時期，幕府將軍脅天子命諸侯，天皇並無實權，政治被將軍掌控。由鎌倉幕府開始，到室町幕府以及江戶幕府，政治中心都改在江戶、鎌倉等地方，而不在京都這裏。直至江戶幕府末期，黑船來訪，敲響了幕府的喪鐘。

薩摩藩、長州藩學習了中國齊桓公的口號「尊王攘夷」，但背後真正目的則是倒幕，1864 年（元治元年），長州藩打響了第一砲，倒幕以及幕府勢力之間隨即爆發一場十分激烈的戰役──「禁門之變」，由於戰爭地點在京都御所的蛤御門，所以又稱「蛤御門之變」。

京都皇居「蛤御門」仍然保留了當年的彈痕

幕府下台明治登基

「禁門之變」後，幕府兩次派兵討伐長州藩，就在長州藩幾乎被滅藩之際，龍馬來了！他趕及在幕府第二次討伐長州藩前，撮合長州藩和薩摩藩，組成「薩長同盟」。於是，薩摩藩公然違背幕府的命令，不但沒有出兵攻打長州，還派出高杉晉作率領奇兵隊屢建其功，倒幕運動開始佔上風。連小小的長州藩都沒能打贏，幕府將軍顏面盡失。

1868 年，孝明天皇突然病死，政治空窗期間，坂本龍馬寫成著名的《船中八策》，正式要求幕府將軍下台，同年，末代將軍德川慶喜於二條城舉行大政奉還，將軍政實權交回天皇。這一年，年僅 16 歲的皇太子登基，改年號為明治。

京都皇居——維新政策正式上場

京都有座皇居，外表樸實簡單，自平安京由奈良遷都到京都開始，一直到遷都江戶，前後有一千零七十四年，天皇都住在裏面。皇居內有一個紫宸殿，相當於中國故宮的太和殿，是最重要的宮殿。明治天皇曾在此發表了一道著名聖旨：《五條御誓文》，雖然內容只有寥寥數百字，但影響深遠，重點指出日本未來：「國家要開放，要開始改革」。

《五條御誓文》頒發時明治天皇其實只有 16 歲，一個入世未深的年輕人如何能想得出如此遠大國策？事實上，這裏面大部份中心思想是來自於坂本龍馬所寫的《船中八策》。可惜的是，坂本龍馬在聖旨頒發的前一年被暗殺身亡，未能親眼看到日本明治維新的新局面。

外表樸實的京都皇居

京都之會展中心

Expo 的中文為何叫博覽會？原來又是明治維新時，日本人創造的詞彙。

世界上第一場博覽會為英國倫敦留下了水晶宮（1851 年），《泰晤士報》文章稱這場 Expo 是「創世以來，全世界各族群第一次為同一目的而動員起來」。

這新事物迅即傳到對岸的巴黎，並擴展成為「萬國博覽會」，廣

邀了天下萬國參展，清政府亦收到了邀請，不過，天朝上國又怎麼會去法國這種番邦國家參加不知所謂的「Expo」呢？

但對岸的日本，的確不同。當時即使是江戶幕府鎖國時代，幕府派出了展覽團參加世博之餘，薩摩藩也以「薩摩琉球國」的名義參展，今天的鹿兒島尚古集成館還保存着當年參展時，送給來訪嘉賓的「薩摩琉球國」精美獎章。

這個轉身中國花了百年，首次參加世博已經是在 1982 年了。日本不但參展快過中國人一個世紀，還為亞洲帶來了第一場 Expo，明治十年（1877 年），東京上野已經舉辦「勸業博覽會」，博覽會這個新詞日人也造得好，傳入中國並沿用至今。

第四屆萬國博覽會，為巴黎留下了巴黎鐵塔。第四屆的日本勸業博覽會，便為京都留下了平安神宮，亦成為了京都的一個重要景點。

平安神宮——曾經的博覽會場地

明治二十八年為平安京建都一千一百週年，明治天皇在京都興建了一座「會展中心」以便舉行博覽會，即今天的「平安神宮」，復原了平安時代的宮殿，包括瓦頂、斗拱、以及屋頂上方的鴟吻，屬於唐朝建築風格。這就是京都的水晶宮、巴黎鐵塔：平安神宮。

神宮內供奉了兩位天皇：一位是桓武天皇，京都第一位統治者；另一位是孝明天皇，京都的最後一位統治者。

平安神宮的建成，也有其歷史原因。當年「禁門之變」，長州藩以一藩之力對抗幕府軍，戰火波及之處陷入一片火海，火勢足足燒了三日三夜，造成了三萬家民房被毀，京都陷入一片蕭條。為了振興京都的經濟，明治天皇學習了一個方法，就是效法法國人舉辦「博覽會」（Expo）。

京都之會展中心──平安神宮

亞洲第一條引水道

「I see, I conquered.」高頭大馬上的凱撒大帝霸氣一喝。赤足托缽站在黃沙地上的六祖慧能弱弱回一句：「本來無一物，Conquer 來幹嘛？」意氣風發的凱撒，馬上石化。

光榮屬於希臘，偉大屬於羅馬。無論我去英國、法國、北非、小亞細亞還是地中海沿海，都驚嘆於二千多年前，凱撒大帝留下的偉大工程──引水道。萬想不到偶遇亞洲第一條引水道，卻是日本京都禪宗最高寺廟的南禪寺內。這個紅磚砌成古色古香的羅馬式拱門，就是

明治維新時田邊朔郎送給南禪寺的禮物，跟這裏千年唐式風格的佛教建築奇妙地融為一體。

　　幕末「禁門之變」燒毀了一半京都，明治政府遷都江戶後，京都人口更少了一半，為了振興京都經濟，將明治維新最大的水利工程在京都進行，這就是琵琶湖疏水道。明治十八年開始興建，原本這條疏水道功能純粹只是疏水，將琵琶湖的水由滋賀縣引入京都。設計師田邊朔郎中途到美國考察時，發現美國人在 1885 年發明了新機器，叫做「水輪機」，於是他率先將這先進科技引入日本，日本成為亞洲第一個有水力發電的國家。四年後，日本第一條路面電車出現在京都，正正是利用這條引水道生產的電力。水為財，一條水路就打通了京都的經濟命脈。

亞洲第一條引水道
——琵琶湖疏水道

日本唯一學校歷史博物館

明治維新三十七年之後，爆發日俄戰爭，日本大敗俄羅斯，震驚了全世界。究其原因，明治天皇只説了一句名言：「不是我們的海軍打贏了俄羅斯，而是我們的小學老師。」明治維新後，政府相當重視國民的教育，明治二年成立了開智小學，屬於第一批學制式小學。

戰後日本經濟起飛，人口則一直減少，出生率下降，到1991年（平成三年），這所小學只剩下130名學生，舉辦了最後一次運動會後，便停止辦學，結束了一百二十三年的教育史命。停止辦學後，這所小學便改建成日本第一間，亦是唯一一間學校歷史博物館，展示了一萬多件從全國不同學校搜集而來的文物。

學校歷史博物館

這曾經是一間小學，由於出生率下降而被殺校。

展品多樣化，了解日本學校發展

　　博物館裏的展品相當有趣，其中相信大家最關心的：午餐吃甚麼？從展品中，可以看到膳食很清淡，因為戰後的物資不足，同學們的午餐只有麵豉湯和一碗菜而已。到了 1962 年則開始供應麵包，至於日本人最愛的大米飯，則到了昭和末期才能吃得上。

　　另一個展廳，有滅火掃、一個大鐘，還有一面大鼓。原來，當時的學校除了教育工作，同時兼任社區會堂、醫院、消防局，一旦發生火警，就會敲響火警鐘，通知大家逃生。

教科書的改變

　　我最感興趣的展品，則要數明治時代的課本了，這些課本非常珍貴，有明治二年的課本，和中國的四書五經一樣，全部以漢字書寫，內容也和四書五經類同，例如三綱五常、孔子教訓等等。到了明治維新時期，由於翻譯了愈來愈多西方的科學著作，便開始減少了儒學學習。書中甚至還解釋到：如果儒教教條有跟西方科學相違背的，就要放下儒學思想，跟隨西方科學。此外還增加了地理、物理、化學、生物等科目。

　　其中一樣重要的文物就是《教育勅語》，於明治二十三年頒佈，這是一道相當重要的聖旨，道出了教育的方向——要崇拜天皇。由明治二十三年開始，所有學校都要掛上天皇的肖像。不過，第二次世界大戰之後，當局有感此舉似在鼓吹軍國主義，就廢除了這個《教育勅語》。為了禁止宣揚軍國主義，當局更連教科書也修改了，博物館內同時展出了一批經過刪改的教科書，並有原著作對比，清楚看到「飛行器要用高射砲來射，由於飛機的鋼板很厚，發射時要對準引擎，飛

機便會爆炸」的字句被塗黑了。有點搞笑之餘，也證明日本政府勇於面對歷史。

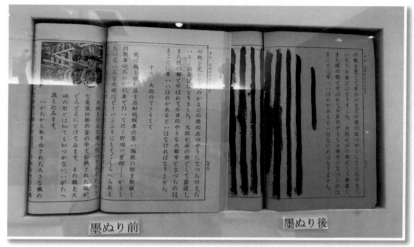

修改教科書，一早有前科。

重視教育，居民自發捐錢興建學校

博物館內另一件十分珍貴的歷史文物，是三個金光閃閃的金杯，杯上雕刻了日本內閣的五七桐紋。這是甚麼東西呢？原來明治三十五年，京都市一班鄉民合眾人之力，籌款捐出 16,674 日圓興建學校，政府為了表彰他們，便送了這幾個金杯給這班鄉民。事實上，當時京都很多學校都是由市民自發捐錢興建，可見當時京都的文化氣氛相當濃厚。

日本第一間帝國學校是東京大學，由政府出資興建，而第二間學校本來打算在大阪興建，雖然大阪是富商聚集的地方，無奈鄉親父老不願意捐錢，反而京都市民很快捐錢蓋起了日本第二間大學帝國大學，證明京都人很重視教育。

嵐山——觀光火車路線

　　「人力車」相信大家都不陌生，那「人力鐵道」又是否有印象呢？
京都著名景點嵐山，便曾有一列觀光小火車，由人力拉動。不過，這
「人拉火車」的歷史很短，只存在了六十年左右，直至昭和初年便告
停駛，著名作家夏目漱石便曾坐過這種「人拉火車」，此外芥川龍之
介也曾經在一本小說裏描寫熱海的一輛「人拉火車」，名叫トロッコ。

　　嵐山四時有不同的顏色，來到秋天，遍山全是紅色以及黃色的樹
葉，山腳有條河叫「保津川」，是京都其中一條最主要的河流，綠色
的河水清澈見底。嵐山觀光火車路線在明治三十二年開始營業，中途
曾經停駛一段時間，直至平成三年（1991 年），日本政府為了振興京
都旅遊業，決定恢復行駛，並參考芥川龍之介的小說，將觀光火車命
名為トロッコ。

嵐山觀光火車路線

日本首架蒸汽火車

說到火車，一定要說說明治五年 10 月 14 日這個十分重要的日子，當天東京新橋人山人海，因為從那裏開出了日本第一架蒸汽火車，前往橫濱。火車上的乘客是日本最重要的人物——明治天皇。橫濱人民非常興奮，這是天皇第一次乘坐火車出巡，當時的人們看見火車噴煙，還以為是溫度過熱，把水澆到火車上想令火車冷卻下來。隨後在明治三十九年，日本開始製造自己國產的蒸汽火車，由「川崎重工」製造，行駛速度亦十分快捷。

相反，火車在中國的命運就截然不同，第一輛火車在天安門行駛時，群眾認為是妖怪，遭到立刻拆卸；第二輛火車由怡和洋行建造，同樣難逃被拆卸的命運。因為中國人認為，火車破壞了中國風水，萬萬不可引入。可見兩個國家對於新事物的接受態度完全不同，學習能力亦相差甚遠。

二條城——幕府的城堡

京都市內，還有一個明治維新重要的歷史舞台：二條城。二條城見證着日本幕府由盛至衰，亦見證着日本由幕府時代，走進維新時代。這裏原本是織田信長的私人住宅，其後由豐臣秀吉繼承，後來又在戰爭中被毀滅。現在我們所見的二條城，是 1601 年由德川家康重新興建。

德川家康樹敵甚多，所以二條城的城牆又高又堅固，還有很寬闊的護城河。寬永三年（1626 年），二條城來了一位很重要的貴賓，就是當時的日本天皇後水尾天皇，為甚麼天皇會紆尊降貴到訪將軍的城堡？只因當時的軍政大權已經落入了將軍手中。當時的將軍德川家光對於天皇到訪很是開心，為了歡迎這位重要客人到訪，他在二條城建

了一扇很華麗的大門，叫做唐門。門上雕有代表日本天皇的菊花紋圖案，牆上也繪有天皇家族才可以使用，最高規格的五條白色橫條。這扇門的風格叫做「安土桃山風格」，何謂桃山風格？簡單一字曰：金！夠「金」便可稱得上是「安土桃山風格」。

明治維新重要的
歷史舞台：二條城

德川家康顯靈

2018 年日本的天災特別頻密，光是我在日本拍攝《明治憑甚麼》的 9 月份，就遇到了一次大地震、兩個超強颱風，令拍攝行程拖到 10 月才完成。但颱風也為這次拍攝節目，帶來了一個意想不到的「驚喜」。

9 月颱風「飛燕」襲日，癱瘓了關西國際機場，變成一個孤島。飛燕過後，我們到達二條城拍攝，因為這裏是「大政奉還」的歷史舞台。想不到，就在這裏發現了德川家康「顯靈」！

作為廿五年來最強的颱風，飛燕掠過二條城時，城中主體建築物：二の丸御殿，屋簷樑上的一個金屬裝飾物被吹走了！斑駁樑木上赫然顯出一個三葉葵花紋的圖案！熟悉日本史的朋友都知道，三葉葵花紋是二條城的舊主人，德川家康的家紋（家徽）。自從大政奉還之後，德川家康的後人德川慶喜被逐出京都，二條城就成了政府建築，三葉葵花圖案被明治政府刻意用金屬裝飾物加以遮蓋。

大政奉還發生在慶應三年 10 月 14 日。時光荏苒，這個颱風來的時候已經是平成三十年的 9 月 4 日，中間相隔剛剛一個半世紀，日本也由一個幕末的貧窮農業小國一躍成為亞洲第一個工業強國，然後又經歷平成大崩壞，經濟一落千丈。今年適逢明治維新一百五十週年，我專門到二條城拍攝有關歷史，德川家康也不甘寂寞，要來申冤，奪回自己的二條城？

屋簷樑上赫然顯出一個三葉葵花紋的圖案，德川家康顯靈？

大政奉還

二條城至今已有四百多年歷史，幕府掌權以前，將軍會來京都（洛陽）拜見天皇，稱為「上洛」，然而自從第三代幕府將軍德川家光之後，幕府已經大權在手，毋須再上洛朝見天皇，因此二條城曾中有二百三十多年一直空置，沒人居住。

至幕府末年，末代將軍德川慶喜受到長州藩、薩摩藩討伐，正承受巨大壓力，土佐藩藩士坂本龍馬遂寫了一份建議書給幕府，叫做《船中八策》，建議幕府回來京都述職，並將權力交還天皇，給幕府一個下台階。走投無路的德川慶喜只好回到二條城，做出歷史上最重要的決定：大政奉還。

　　二條城二の丸御殿，樓底特別高，天花板上畫了很多金碧輝煌的圖案，屏風上也畫有很多松樹、孔雀和山雞，「大政奉還」就在這裏登場。

　　當年的大政奉還大會，德川慶喜坐在御殿的正中間，兩旁有手持日本刀的護衛，下面跪拜了 40 個武士大名代表藩主。為何德川慶喜要召開這個大會？原來坂本龍馬向幕府先禮後兵，準備了《船中八策》，表明如果幕府將軍將權力交還給天皇，則可繼續享受榮華富貴。德川慶喜看畢《船中八策》內容，遂召集了 40 個他自己較友好的大名、藩主來到二條城，表示自己受到壓力，為避免遭到兩藩討伐，決定將權力交還天皇，是為「大政奉還」。

二條城二の丸御殿內的大政奉還人像

倒藩告捷統一全國

　　大政奉還原本是幕府將軍緩兵之計，然而倒幕派步步進逼，進一步要求德川慶喜辭職，退回領地，最終幕府軍和薩長同盟軍在京都爆發戰爭，也即「鳥羽伏見之戰」，這也是戊辰戰爭的開始，戰爭由南至北蔓延，薩長同盟軍節節勝利，由京都鳥羽伏見，一直打到江戶的上野之戰，再到福島會津之戰，最後直逼北海道函館，殲滅了幕府軍，正式統一全國，結束日本史上最後一場內戰。

明治美食

薯仔燉肉

　　在京都，我認識了三位女士，她們除了熱情招待整個製作團隊，還教我煮一道明治維新時，由西方傳入日本的家常小菜——薯仔燉肉。

　　薯仔燉肉（肉じゃが），主角材料當然是薯仔了，此外還有洋葱、紅蘿蔔、魔芋（蒟蒻），以及小量荷蘭豆，至於肉類則各地有自己特色，關東地區多會用豬肉，而關西地區則會用牛肉。醬料方面則有：醬油、砂糖、味醂、高湯，以及日本清酒。

　　薯仔燉肉和明治維新到底有甚麼關係呢？明治維新後的 1870 年，東鄉平八郎去了英國留學，跟隨英國海軍學習，他在英國海軍那裏首次嚐到這道菜式，覺得十分美味，於是就帶回日本。由於當時並沒有英國的醬料和食譜，日本人便自己左猜右猜，還加入醬油和清酒代替英式醬料，做成這道和風薯仔燉肉。

　　這道薯仔燉肉原來還有另一個名字，叫「戀愛菜」，因為這是日本情侶拍拖時，男生最希望女生煮的第一道菜，香港的女士們，有沒有興趣也嘗試一下呢？

乳酪

　　來到日本，我很喜歡喝一款飲品，這款飲品於明治維新時傳入日本，叫做「ヨーグルト」，外表看上去外似果汁，其實不然。在中國大陸，它叫酸奶；在台灣，它叫優格；在香港，它叫乳酪。

　　明治維新時，日本人將 Lactobacillus（乳酸菌）這個字以意譯的方法翻譯，隨後傳到中國並應用至今。日本人後來將固體乳酪重新包裝，變成一種可以喝的飲品，叫做「のむヨーグルト」，即是可以喝的乳酪。這些乳酪飲料在歐美地區很少看到，但日本人則很喜歡用來做早餐或飯後的飲品。

 # 明治生活

大阪府

　　當今日本的行政架構始於明治維新，由令制國廢藩置縣之後，改為一都（東京都）、一道（北海道）、兩府（大阪府、京都府）、四十三縣。

　　大阪府是其中一個香港人最愛的旅遊點。大阪的「阪」，漢字寫法原來也經歷過變遷，最初寫作「坂」，從土部。

　　大阪改名事源於明治四年，當年明治天皇頒佈了著名的《散髮脫刀令》，散髮，即所有武士不得再留武士髮型；脫刀，即不得帶武士刀上街。但幾千年以來，武士們都可以帶刀上街，喜歡的話還可以隨意砍殺，這道新命令當然遭到武士階層強烈反抗，於是，西鄉隆盛帶領武士們進行了一場反政府判亂，史稱「西南戰爭」。

　　「大阪」原寫作「大坂」，因「土」和「士」寫法相近，看着就要變成「士」「反」，代表「武士會作反」，加上當時的天皇已經遷離關西地區，更怕「山高皇帝遠」大坂的武士趁機亂事，於是遷都京都同年，大坂也改了名字，使用一個新創的字：「阪」，從阜部，那樣武士就不會作反了，也就成為今天我們見到的「大阪」。

和製漢語

細菌

　　相信大家都曉得這句名言：「洗手、洗手、洗手」。因為細菌對我們的健康有害。不過，大家又是否知道「健康」、「細菌」這些詞彙，都屬於和製漢語嗎？

　　「佛觀一缽水，八萬四千蟲」，漢語中一直都有「蟲」的概念，但沒有「細菌」的觀念。Bacteria 一詞於 1828 年出現，屬於一個英文詞彙，明治維新時期，日本人大量翻譯西方著作，那怎樣翻譯 Bacteria 這個詞呢？日本人想到了「菌」這個字。

　　「菌」這個漢字，意指一種傘狀的植物，人生如朝菌，日本人就在前面加一個「細」字，代表這是一種很細小的，難以用肉眼看見的生物，於是就造成了這個新詞彙：「細菌」。

明治人物

福澤諭吉

　　福澤諭吉亦是明治維新最重要的啟蒙思想家之一，也是偉大的教育家，他創立了日本著名私立大學慶應義塾大學，對明治維新影響至深。幕末時期，荷蘭人為日本帶來了不少西方先進的科技、醫學知識，這些統稱叫做「ラン学」（蘭學），福澤諭吉就是日本人中最擅長蘭學的學者之一。政治上，福澤諭吉一向主張攻打並侵佔中國，而且至死都堅持日本應該脱亞入歐。

　　1984 年，為了表彰他對日本經濟及教育的貢獻，日本政府將他的頭像印在一萬日圓的紙幣上。

【漫遊明治維新地圖——京都】

1. 嵯峨野觀光小火車

行駛日期：3月1日開始到12月29日（1月和2月為冬季維修期間，小火車停駛）
所需時間：單程25分鐘；來回1小時
票價：大人620円，小童310円
公休日：星期三（若遇日本國定假日時，則照常行駛），春假、黃金週、暑假、紅葉期間每天行駛，不休息。
網址：https://www.sagano-kanko.co.jp/mobile/
http://www.westjr.co.jp/press/article/2016/11/page_9499.html

2. 山口縣貴婦人火車

官方網站：http://www.c571.jp

3. 平安神宮

地址：京都府京都市左京區岡崎西天王町
門票：平安神宮自由參觀
神苑：大人600円（團體550円）；
小孩300円（團體250円）
休息時間：全年無休
官方網站：http://www.heianjingu.or.jp

4. 京都御苑

地址：602-0881京都市上京區京都御苑3
交通：從地鐵烏丸線的今出川站步行五分鐘
從市公車烏丸今出川站步行五分鐘

門票：免費（必須事先申請）
開放時間：英語導覽於 10:00 或 14:00（所需時間：60 分鐘）
休息時間：12/28-1/4，以及週六、週日、國定假日（3 月、
　　　　　4 月、5 月、10 月、11 月的每週六開放，其他月份
　　　　　只在第三個週六開放）
官方網站：https://www.env.go.jp/garden/kyotogyoen/

5.　京都市學校歷史博物館

地址：〒 600-8044 京都府京都市下京區御幸町通仏光寺下る
　　　橘町 437
入館門票：大人 200 円；小童 100 円
開館時間：9:00-17:00（最遲入館時間 :16:30）
官方網站：http://kyo-gakurehaku.jp

6. 琵琶湖疏水道

交通：京阪電氣鐵道「三井寺」車站下車，徒步五分鐘或 JR
　　　「大津」車站下車，轉乘京阪巴士、或是江若巴士在
　　　「三保ケ崎」下車（車程約 10 分鐘）
參考網站：http://t.cn/RnteZvV

7. 南禪寺及水路閣

地址：日本〒 606-8435 Kyoto，Sakyo Ward，南禪寺福地町
官方網站：http://www.nanzen.net

8. 世界遺產元離宮二條城

地址：京都市中京區二條通堀川西入二條城町 541
開城時間：8:45-16:00（閉城 17:00）
官方網站：http://nijo-jocastle.city.kyoto.lg.jp

Hokkaido

Tohoku

Chubu

Kanto

Chugoku

Kansai

Shikoku

Kyushu

横濱

開港城市

第五章

橫濱

由東京站出發，在橫濱轉車，到達橫須賀線的終點，一個小時後到達一個毫不起眼的海邊小鎮，名為「久里濱」。它的地理位置相當重要，小鎮位於江戶灣的最尖端外圍，正是東京大門位置所在。一百五十年前，對開海面突然出現了四艘黑漆漆、噴着黑煙的帝國主義軍艦，劍指江戶灣最深處的江戶（即現在的東京），要求已經鎖國二百二十一年的幕府開國。

同樣由一個小漁村，被動演變成為一個西式大都市，香港的彼岸還有這個日本城市。1842 年香港開埠，過了十一年，1853 年日本也有第一個港口「開港」，小漁村慢慢形成了一座西式城市，除了各式各樣的西洋建築外，還有日本第一條西式馬路、第一間雪糕屋、第一間法國餐廳，以及蛋包飯、炸豬扒這些西洋料理。這裏，就是幕末最早開港的城市：橫濱。

橫須賀的蒼茫時分

橫濱附近的橫須賀，位於東京灣的入口。久里濱是橫須賀線的終點，面向太平洋，對岸遙望世界第一強國：美國。

1848 年加州發現金礦，令新生的美國勢力迅即由大西洋的東岸，拓展至太平洋的西岸。雙洋之國崛起，這是只有一個洋的中國人永遠也不會體會到的氣魄。五年之後，美國終於去敲這個大洋對面的島國大門，因為十一年前中國大門已經被英國大砲轟開，堂堂大清國淪為半殖民地。

但偏偏新日本就在黑船的大砲要脅之下，華麗登場了，憑甚麼？

僅以為日本比中國幸運，有前師可鑒，就太單純了。如果美國培里將軍敲門的是中國的天津，而不是橫須賀，不論乾隆或同治，都一樣會跟美國打一場滑鐵盧。

日本即使在鎖國的幕府時代，也不鎖思想，當時蘭學、漢學、水戶學等，可以在幕府時期自由流通。幕府時日本人也有言論自由，吉田松陰得以在松下村塾自由散佈顛覆政府的反動思想。反觀對岸的中國，文字獄的傳統歷史二千年有餘，以言入罪，令中國的吉田松陰、伊藤博文、高杉晉作、西鄉隆盛未出生就胎死腹中，剩下的都是阿 Q 范進之流、義和團之眾。

蒼茫時分，我站在橫須賀的海岸，思考因為加州的金礦，導致美國對太平洋對岸產生拓商的興趣，帶來日本的華美重生，後發而先至。相比印度的鴉片，帶來中國一個半世紀的屈辱捱打，兩國的天壤命運，也是天時地利人和的因果。

黑船來訪

1853 年 7 月，四艘黑船來到久里濱靠岸停泊，船頭上有一個意氣風發的美國海軍提督：培里，手上拿着一份很重要的文件——美國總統署名的國書，他被委命將這份國書交到幕府政府手上，打開日本大門做生意。但幕府時代日本人見識淺薄，有人更說看到西洋蒸汽船如此龐大，就像海上的城市一樣，嚇了他們一跳。但另一方面，日本政府要員看見對岸的滿清，在一場鴉片戰爭中輸得一敗塗地，似乎打仗根本也不是一個選擇，於是就向美國代表提出：「不如給我們一年時間研究」，希望拖延時間，然後簽訂一份相對地「沒有那麼不平等」的不平等條約。

對於如何應對外來國家的邀請（或者說威脅），要求開放國家做生意，我們可以看到中國和日本政府是完全不同的兩種態度，幕府時代的日本人，跟清朝時期的中國人，因有不同的視野，面臨這些危機時，也有不同的應對方法。

黑船來訪紀念碑

日本不平等條約

　　帝國主義亡我之心不死，辱華事件年年新鮮年年有，難免勾起新仇舊恨。由清末三百多個不平等條約、割讓香港、被迫開放五口通商，這條開放入世之路上，「受迫害幻想症」如影隨形。

　　反觀對岸，日本幕末時代被迫開放的五大港口之一：橫濱，卻大肆慶祝「開港節」，將帝國主義者培里將軍奉為神明。橫濱市海邊，保留了明治年間的海關紅磚倉庫，二號倉庫於 1911 年已建成，另一個

在旁邊的一號倉庫，則遲兩年建成。

　　1911年為明治四十四年，已經是末期，為甚麼那麼遲才建造海關倉庫？關乎明治初年，日本政府根本無權徵稅，因為幕府和清政府一樣，簽了一大堆不平等條約，所有外國貨物不需要繳稅，就可以進入日本大傾銷。

　　明治時的日本人怎麼改變不平等條約，收回治外法權，收回租界？不是靠刀槍不入義和團、精神勝利法阿Q，而是真正全面西化。西化不止是經濟改革，還包括政治開放。明治末年，領事裁判權、關稅自主權逐一收回，不費一刀一槍。靠的是明治成立了亞洲第一個國會、第一部憲法、第一次亞洲人可以投票選舉、引入歐洲現代法律，一個現代化的國家在東亞誕生，列強才乖乖的將租界、治外法權以及稅關權力交給明治政府。

　　外國貨進入本土的稅收，對日本政府而言是個是很重要的收入，貨物來到日本徵稅之前，要先放置於紅磚倉庫內，繳完稅才可以運去日本全國各地販賣，從另一個角度來看，這個紅磚倉庫絕對證明了明治維新的大成功，讓日本人贏得歐洲列強的尊重。如今，紅磚倉庫經過活化，已經變成了遊客區，商場內有不少餐廳商店。

培里船長已經被物化成日式咖喱的代言人，日本人真幽默。

紅磚倉庫代表明治政府成功收回稅關

山手西洋館——外交官之家

　　漫步橫濱市區，不難感受到一股濃濃的西方氣息，橫濱市現共存七個開港之初的西式建築，其中山手西洋館最值得參觀。

　　山手西洋館落成於明治時代，是明治外交官內田先生的家，本來位於涉谷，內田先生過世後，他的兒孫後代很想保留這間屋的原貌，所以在 90 年代把這間屋捐給橫濱市政府，然後整幢房屋從東京涉谷搬到橫濱這裏。

　　房屋是典型英式的鄉村小屋（Country house）風格，由美國建築師 James McDonald 設計建造，James 本來是一名教師，可能在日本生活太過悠閒，所以兼職做設計師，順便幫補生計吧。

山手西洋館——外交官之家

兩位主持在西式陽台中

新穎設計，和洋風並重

　　整間房屋相當寬敞，客飯廳是招呼客人的地方，飯桌上還跟隨日本人的習慣，放有一條桌旗（Table runner），相信是由於內田先生的太太是日本人的緣故。既然是外交官之家，當然少不了會客的空間，

小小的會客廳內，還專門有一個吃茶點的空間。

山手西洋館建於明治末年，因此除了西洋風格外，也融入了日本自己的特色，加入了少許和風設計，例如增加了和式房間，增加了敞門，還有密封式遮陽木窗的設計等等。

從書房陳設，可以知道這位外交官相當喜歡閱讀，書櫃內放有大量英文書籍，曾有人說，從一個人的書櫃，可以窺探到他的內心世界，那相信這位內田先生必定十分喜歡詩詞歌賦，書櫃內有不少莎士比亞的作品，還有奧斯卡·王爾德（Oscar Wilde）的作品，Oscar Wilde 在 19 世紀頗為流行，內田先生的書櫃內就有他的作品 *Ideal Husband*（《理想的丈夫》），看來雖然外交官工作忙碌，也想當好丈夫呢。

此外，還有一本看書名就感到很有話題性的書，名為 *Anglo-Saxon Superiority*，討論 Anglo-Saxon 人 [註1] 有哪些優越性，引申意義也可以代表內田先生想要知道英國人的優越性在哪些地方，才可以跟他們交涉，所謂「知己知彼，百戰百勝」。書櫃中還有一本特別的書，與其他書種有點格格不入，書名是《家庭中國料理》，相信這本書一定是屬於內田太太的吧。

西洋館的二樓平日並不對外開放，因為製作節目的理由，特別可以進去參觀一下，居高臨下，橫濱美景盡收眼底，不過當年外交官所看的，應該是東京涉谷的景色，加上那個年代沒有高樓大廈，相信望出去的景色跟今時今日的現代化相比，又是另一番不同的味道。

參觀完這間外交官之家，確實令人感觸良多，將日本與大清稍作比較，不難發現日本人西化得很徹底，她不單只是學習西方人的建築風格，而是仔細學習西方文化；當時清朝需要找一個代表對外交涉，或者去外國做訪問，竟然沒有人敢接任這個任務，致使清廷最後要找一個洋人（蒲安臣）代表中國出使歐洲，與西方人交涉，完全是兩個層次境界。

和風洋食──蛋包飯

　　來到橫濱這個和洋雜處的港口城市，當然不能錯過和式洋食，其中一款最著名的，就是蛋包飯。蛋包飯的意念來自法國人的奄列，法國人以奄列做早餐，就是一個雞蛋，加配一些洋葱、火腿等，一點也不飽肚，日本人就在這上面加了無限創意，他們竟然想到，把日本人最喜歡吃的米飯，放在奄列裏面，就變成了現在的蛋包飯。

　　蛋包飯始先出現於明治三十二年，東京銀座有一家洋食店叫做「煉瓦亭」，老闆有一天忽發奇想，將法國奄列跟東方的米飯結合在一起，這第一個蛋包飯叫甚麼名字好呢？叫 Omelette-rice 的話，似乎太長了，於是他想到 Omu-rice 這個混合式的名字。來到今天，蛋包飯已多了許多變化，還會配上吉列蝦、吉列豬扒、漢堡扒等配菜，飽肚程度更上一層。

和風洋食──蛋包飯

霧笛樓——高級法式料理店

　　漫步橫濱這個開港城市，馬車道兩旁種滿高大的樹木，仿歐式的建築，和洋雜處的氛圍，讓人感覺猶如置身歐洲。除了視覺上，味覺上也有歐洲的味道，橫濱有一家著名的高級法式料理餐廳，叫做「霧笛樓」。但看名字，感覺很不像法蘭西的味道，反而更像中國料理，為甚麼會改這個名字呢？社長鈴木先生解釋道：橫濱本身是個海港，大霧的時候就會聽到船隻鳴笛，因此餐廳取名「霧笛」。

　　但其實還有另一個故事：日本一位小說家曾經寫過一本很浪漫的愛情小說，書名叫《霧笛》，故事的舞台就是橫濱元町這個地方，這本《霧笛》是鈴木太太最喜愛的小說，鈴木先生便用了這本書名，作為餐廳的名字，愛妻之心令人感動。

　　霧笛餐廳雖然是法國料理餐廳，但裝潢則很富明治和風，和室用餐間裏掛了關於橫濱歷史事件的壁畫，盛菜用的碟子也是特地訂造，畫風重現了當年橫濱日本人和洋人雜處的情況。有機會來橫濱的話，你又有沒有興趣來這裏，大快朵頤一番呢？

霧笛樓的法式料理

高級法式料理店霧笛樓

註 1：Anglo-Saxon，中譯盎格魯 - 撒克遜，泛指 5 世紀初在英國東部及南部地區生活的民族，他們的語言、種族和生活習慣都與英國人相近，也受英國習俗影響。

明治美食

雪糕

飯可以不吃，雪糕不可不吃。一日不食，生活無趣。一週不食，渾身不自在。來到日本，我總是要吃雪糕的。雪糕，也是明治維新時期由西方引入日本的，而全日本第一個有雪糕的地方，就是橫濱，1869 年，日本橫濱馬車道上，開了日本第一家雪糕店。

那個年代，日本人還沒學會如何製造冰，也沒有冰箱，最初的雪糕，是要專程從美國波士頓用船運冰來製作，所以雪糕是相當昂貴的奢侈品。為了讓冰不會太快溶化，日本人還想到蓋一層脆皮在雪糕上面。

明治年代一個雪糕是兩錢，但當時一個日本女工的月薪只是半錢，一個雪糕竟然是人工的四倍！也由於雪糕太過昂貴，並非一般人能負擔得起，所以雪糕店久久無人光顧，很快就結業了。今天，在橫濱的馬車道，還有一個特別的雕像，名為「太陽之母子」，用以紀念雪糕傳到來日本。

日式炸豬扒

日本從 7 世紀中期天武天皇頒佈《禁止殺生肉食之詔》之後，直到明治五年 1 月 24 日天皇才頒佈「肉食解禁」，讓日本人體格強壯起來，跟西方人一樣壯碩，才可以躋入先進國家之林。

日式炸豬扒 Tonkatsu 是明治三洋食之一，最早的西餐廳「煉瓦亭」

日式炸豬扒老店勝烈庵

（現在仍在銀座二丁目營業）以天婦羅的方式來炸豬扒，發展成選用較厚身的豬扒，裹上蛋汁、麵包屑及炸粉油炸，最後切成數塊再淋上豬扒醬，佐以椰菜絲食用。

和製漢語

浪漫

　　這裏是「浪漫館橫濱」，浪漫從哪裏來？原來「浪漫」這兩個字，也是和製漢語。

　　浪漫的英文是 Romance，是從 Romantic 這個字而來，原指「羅馬人的」，來到日本後，誰把 Romance 這個字翻譯成浪漫呢？就是日本的國民作家——夏目漱石。

　　夏目漱石將「浪」和「漫」兩個字結合在一起：浪，是指波浪的浪；漫，是指傾瀉。「浪漫」就是一個無拘無束、很自由的境界，代表 Romance 這個詞。他自己本身也是一個很浪漫的人，曾經在一堂很著名的翻譯課上，他問學生：「怎樣翻譯英文『I love you』？」懂日語的讀者可能會説：很簡單，不就是「あいしてる」嘛。錯！夏目漱石示範了他的翻譯：「今夜は月が綺麗ですね」，這句話直接翻譯出來，就是説：「今夜月光很美」，那浪漫何在？原來隱藏在沒有説出口的下一句：「請你今夜留下」，多麼浪漫的境界啊！

　　夏目漱石是日本一個大文學家及翻譯家，「新陳代謝」、「無意識」、「價值」這些和製漢語也是他的傑作，他的樣貌曾被印在 1,000 日圓紙幣上面，直至 2004 年改版，才變成現在的野口英世。

明治生活

關內駅

　　橫濱市中心有一個車站叫作「關內駅」，這個關是甚麼關呢？原來在明治之前，幕府政府簽訂了一系列不平等條約，開放了橫濱港，其中在吉田橋這裏就有一個關口，關內擁有法外治權，奉行英國法律，只允許外國

人居住，日本人不得內進。直至 1899 年，明治政府廢除了所有不平等條約，收回這些「外國人居留地」，日本人才得以進入。關口雖然已經撤銷了，但「關內」這個名字就保留至今。

　　全靠這個「外國人居留地」，洋人為日本帶來不少西方現代城市的建設，例如第一份報紙、第一間寫真館等。日本的第一條馬路，也是在橫濱關內這裏，馬路建於 1867 年，供馬車行駛，叫做馬車道。當年橫濱是開港城市，做生意的商人來到日本，大多會在橫濱下船，然後乘坐馬車去江戶，車程足足要四小時呢。

瓦斯燈

　　另一項現代化的建設，就是瓦斯燈，日本第一盞瓦斯燈建於 1872 年，就豎立在馬車道上，至今仍然保存得很好。當年這盞燈是使用瓦斯（煤氣），現在已經改用電源。這盞瓦斯燈還有一個紀念日，就在每年的 10 月 31 日，叫做「瓦斯燈日」，到時會有連續四日的「馬車祭」，人們會穿上古代服裝，騎着馬車走在馬車道上，充滿明治年代的風情。

【漫遊明治維新地圖──橫濱】

1. 培里公園

地址：7-14, Kurihama, Yokosuka-shi, Kanagawa,239-0831

交通：京急久里濱站，步行 20 分鐘

休息日：全年無休

2. 山手西洋館

地址：〒 231-0862 神奈川縣橫濱市中區山手町 172

門票：免費

營業時間：9:30-17:00

官方網站：http://www.hama-midorinokyokai.or.jp
　　　　　　/yamate-seiyoukan/

3. 橫濱紅磚倉庫

地址：神奈川縣橫濱市中區新港 1-1

時間：1 號館 10:00-19:00　2 號館 11:00~20:00

官方網站：https://www.yokohama-akarenga.jp

4. 馬車道

地址：神奈川縣橫濱市中區本町 5 丁目

交通：行駛首都高速公路出橫濱公園出入口後約五分鐘車程

參考網站：https://zh-tw.zekkeijapan.com/spot/index/685/

5. 豬扒老店 勝烈庵

地址：〒 231-0014 橫浜市中區常盤町 5-58-2

營業時間：11:00-21:30

交通：JR 根岸線關內駅下車、北口より徒步五分鐘或橫濱市
　　　營地下鐵關內駅下車，馬車道口（9 番出口）より徒步
　　　一分鐘

網址：http://katsuretsuan.co.jp

6. 霧笛樓

地址：橫濱市中區元町 2-96

營業時間：午餐 11:30-14:30 晚餐 17:00-20:00

休息日：星期一不定期休息

價目：午餐：3,500-5,999 円；晚餐：10,000-14,999 円

交通：港未來線元町，中華街站 5 號出口徒步四分鐘或 JR 京
　　　濱東北‧根岸線石川町站元町口南口徒步八分鐘

官方網站：http://www.mutekiro.com/index.html

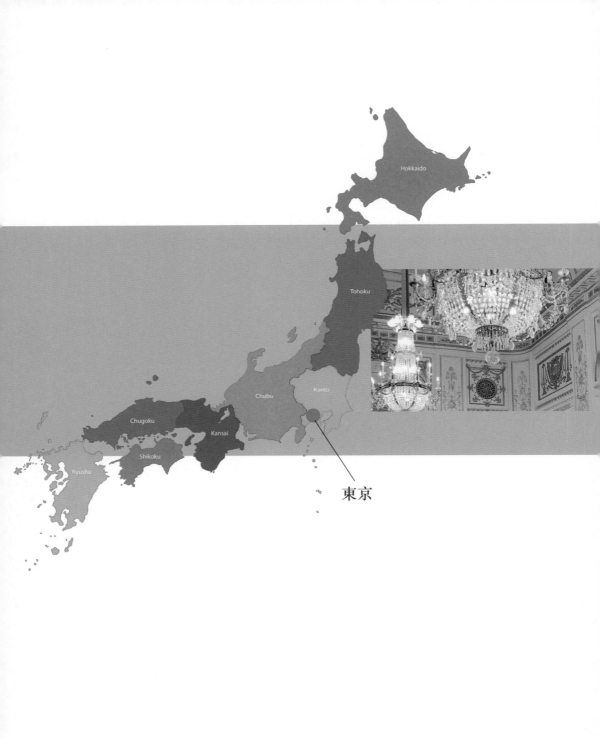

Hokkaido

Tohoku

Chubu

Kanto

Chugoku

Kansai

Shikoku

Kyushu

東京

和洋薈萃

第六章

東
京

明治元年，江戶改名為東京，由京都遷都至東京，古老江戶注定發生天翻地覆的變化。

由江戶變成為近一個半世紀亞洲的潮流最尖端，始於明治維新時期。今時今日的東京銀座街道，一個熱騰騰的紅豆包、一片鐵板燒上的牛肉、千疋屋的各類日本水果、火車便當、東京車站、東京車站酒店等等食住行，均源自一百五十年前的那一場轟轟烈烈的西化運動。

香港第一個攝製隊獲邀，進入明治天皇的「凡爾賽宮」——赤坂離宮，一窺明治天皇的霸氣！還在這個金碧輝煌的豪華宮殿中，發現了明治天皇的小小秘密！

天皇帶頭住巴洛克西式宮殿，明治年間的富豪財閥們也紛紛住進維多利亞式的洋房！今天這些百年洋房仍然保育完整，包括舊古河庭園、舊岩崎邸庭園等，令我以為自己去了英國！

亞洲第一

三千多年以來，日本的政治文化中心都在京都，簡稱「京」；江戶位於京都之東，1868 年改名為「東京」，這個地名證明了日本人在地理觀念上，是以京都作為中心。若你喜歡唐宋的傳統、慢活的優雅，你會喜歡另外一個「京」——京都；但若你喜歡西方的快速和現代化，就定會愛上這個「京」——東京。

東京，出現了第一個公園、第一個博物館，亦有亞洲第一條火車和地鐵、第一間咖啡館和西餐廳、第一間動物園、第一間洋服店，此外還有第一間髮型屋、第一所西式宮殿，甚至第一份報紙雜誌，統統在短短數十年間，出現在這塊彈丸之地。

日本人的應變和學習能力，實在讓人佩服，他們於極短時間內，將江戶脫胎換骨變成另外一個巴黎、倫敦和紐約，但在現代化的同時，又仍舊保留着一點江戶風情，這裏就是東京，歡迎來到東京！

上野公園——第一個公園

明治維新時，一個叫 Public Park（公園）的概念傳入了亞洲。公園的歷史源頭，可以一直上溯到遙遠的希臘時代，每個城市都有廣場、運動場、競技場，可視為今天公園的前身。古代西方的貴族還有將私人庭園、獵苑向公眾開放的風氣。18 世紀，英國工業革命開始後，為了滿足日益增加的城市人口的生活需要和改善城市生態環境，現代城市公園誕生了。

亞洲最早的公園，包括建於 1868 年上海的外灘公園，同年建於明治元年的神戶外國人居留遊園，都是租界內的外國人設置。開園於明治九年的東京上野公園，可謂日本第一個真正公園。

東京的起點：西鄉隆盛

如果大家到訪上野公園，一定會看到一座西鄉隆盛的銅像，西鄉隆盛作為一個幕末的志士，立下大功卻不能加入靖國神社，只因他在晚年的時候，帶領武士反抗明治政府，被視為叛軍，最後更自殺身亡。

不過，仍然有不少日本人尊敬他，特別是東京人，很喜愛西鄉隆盛，明治維新一百五十週年，NHK 電視台要選出一個幕末人物拍攝大河劇，就選了西鄉隆盛。為甚麼東京人這麼喜歡他呢？就是因為他做人的宗旨——「敬天愛人」。明明當年他可以消滅長州藩，卻選擇了放他們一馬，沒有把長州藩徹底剿滅；來到江戶也是一樣，兵臨城下的時候，他沒有發動攻擊打入江戶，而是獨自拿着兩瓶薩摩燒酒，單人匹馬進入了江戶城，與幕府代表勝海舟談天，兩人談了一整個晚上，決定為了國家的利益，保護江戶百萬的生靈免於塗炭，無血開城。

西鄉隆盛的人生是四起四落，他曾經在江戶時代兩次被流放，也

曾在明治時代兩次下台,他平日打扮與下層武士並無分別,深受武士們喜愛。日本人有一種思想叫「敗者的美學」,當年成功的那位其實是西鄉隆盛的同鄉大久保利通,但反而失敗了的西鄉隆盛更受人喜愛和紀念。

位於上野公園的
西鄉隆盛銅像

江戶無血開城

由法國大革命開始,到美國的獨立戰爭,以及中國的揚州十日、嘉定三屠、國共內戰,每一次政權轉移都會伴隨着血腥的屠殺,無數平民百姓也會陪葬,除了這裏——東京。一百五十年前,仍叫江戶,當時發生了一件很重要的事情:「江戶無血開城」,由二百六十四年的幕府時代,過渡到一個全新的明治時代,期間沒有開戰,也沒有流血,所以被稱為「無血開城」。

為何能做到「無血開城」?時間性是個重要因素,還有天時地利人和的配合。回到最初時,長州藩、薩摩藩、坂本龍馬,這麼多人一起為倒幕而努力,那「皇」在哪裏呢?皇就說:你不要找我,千萬不

要推我出來對抗幕府。這個「皇」，就是孝明天皇，明治天皇的爸爸。他是一個膽小又保守的天皇，寧願住在京都皇居，過着乞丐般的生活，乞討別人的食物，也不願站出來拿回自己應有的權力，所以沒有辦法，既然他自己是如此態度，倒幕的戰士也無計可施。

改朝換代成功倒幕

　　直到 1867 年，契機出現了，那年 1 月，孝明天皇突然駕崩，他 16 歲的太子繼位，改了新的年號明治，出自於中國的《易經》：君子「嚮明而治」。明治天皇當時只是一個 16 歲的少年，權力掌握在薩摩藩的西鄉隆盛和長州藩的伊藤博文手上，他們出了一道討伐令，討伐當時的幕府將軍德川慶喜。德川慶喜知道了這個消息後，馬上從大阪城搬到寬永寺居住。大阪城是一個易守難攻的城堡，德川慶喜特意不住城堡而住在家廟，其實是在表示懺悔，他要讓明治天皇知道他不會造反，不會與天皇對抗。這一切促成了江戶「無血開城」。

　　開城後，所有的幕府軍投降，只有約 2,000 幕府軍不願投降，死守寬永寺繼續抵抗西鄉隆盛的政府軍，最後政府軍於 7 月 4 日，在寬永寺打敗了這一支殘兵遊勇，史稱「上野戰爭」。戰後舊幕府軍逃離了上野公園，一直北上去到了會津，邊敗邊走，後來有部份人去了箱館（即現時的北海道）作最後抵抗，由於當年是戊辰年，所以被稱為「戊辰戰爭」，這也是日本最後的一場內戰。

幕府將軍德川慶喜曾居於寬永寺

赤坂離宮——東京凡爾賽

　　經過繁榮的新宿，鬱鬱葱葱的森林之間，一道高聳白色間金色花紋裝飾鐵閘，鐵閘前面有不少保安站崗，鐵閘後面就是「赤坂御用地」，面積達五十萬平方米。鐵閘打開，經過一條十多米的通道，出現在眼前的，是一座恍如凡爾賽宮的宏偉西式宮殿——明治天皇興建的赤坂離宮。

東京的凡爾賽宮

明治天皇的「凡爾賽宮」──赤坂離宮

這裏曾是德川家康的居所。明治維新的時候，明治天皇遷都江戶，便將這裏變成自己的御所。二次世界大戰後，根據日本新的憲法，赤坂御用地交由政府管理，包括了這裏六間皇宮，其中最出名的就是迎賓館赤坂離宮。

通常一個國家的迎賓館都會用自己的民族風格興建，例如中國的釣魚台、韓國的青瓦台，然而日本的迎賓館並沒有採用和式風格，而是用了明治維新時期的西式宮殿模式，是日本唯一的新巴洛克式西洋宮殿建築，不知是因為日本太過文化自信？還是因為明治維新，以為自己成功脫亞入歐呢？

暗藏日本精神

如果你仔細看這座外貌極似凡爾賽宮式的豪華宮殿，你會發覺正中間有一個 16 瓣菊花紋，這正是日本天皇的標誌；建築物兩旁到處可見「五漆梧桐紋」，代表了日本的內閣。

再留意屋頂，左右兩邊屋頂各有一個銅綠色球體，四角各有一隻金碧輝煌的揚翼鳳凰，代表日本皇室。門楣正中還有兩個影武者，穿上盔甲及頭盔的武士半身像，代表了武家。江戶時代，武家是掌握實權的幕戶將軍，公家則指虛位的天皇朝廷。但明治天皇興建這座宮殿時，已經「公武合體」，手握軍政大權，所以在宮殿屋頂上，展示了日本的武士道精神。

門楣左右有影武者
日本武士

「五漆梧桐紋」，代表了日本的內閣。

花鳥之間

　　步入赤坂離宮，第一個房間名為「花鳥之間」，舊名為「饗宴廳」，是日本官方舉辦國宴之地，木牆上一共有 30 幅日本獨有的四季鮮花和雀鳥的壁飾，橢圓形鑲嵌在木相架中，外蓋玻璃，晃眼看上去精細如同中國工筆畫。這絕不是普通畫作，而是比黃金更貴重的「七寶燒」，是國寶級珍品。

　　「七寶」源於《佛經》，根據《大方廣佛華嚴經》卷十三：「周遍觀察見此大城。眾寶嚴飾。以金銀瑠璃。玻瓈赤珠。硨磲碼磜七寶所成。七重寶塹周匝圍遶。」泛指人間最寶貴的七種寶物。

「花鳥之間」是日本官方舉辦國宴之地

　　「七寶燒」源自日本江戶幕府時代，16世紀末（即日本慶長年間），日本工匠想模仿製作經由荷蘭商船由明朝輸入的五彩繽紛「景泰藍」[註1]，但苦無配方，最後閉門創造出具有自己風格的工藝品，彩光華貴，恰如《佛經》中常提到的「七寶」，故稱「七寶燒」。現代常被華文媒體稱之為「日本景泰藍」，其實兩者的工藝及風格相差甚遠，所以此名甚為誤導。

七寶燒

日本「七寶燒」工藝製作方法各有不同，主要分為有線七寶燒（掐絲）和無線七寶燒（畫琺瑯）兩種，明治時代堪稱日本七寶燒的黃金時期，工藝登上了世界頂峰，製品胎骨輕薄、釉料細膩、色澤明快、璀璨華麗、紋樣典雅、線條纖細，更發明了透明七寶、省胎七寶、透胎七寶、盛上七寶和罩釉七寶等新品，暢銷歐美。

陳列在「花鳥之間」的這 30 幅國寶珍品，是明治時期日本著名畫家渡邊省亭作稿，再由人稱「七寶燒天才」的日本匠人濤川惣助親手燒成，精彩重現日本畫特有的濃淡及暈染技法，被譽為七寶燒最高傑作。渡邊省亭曾經留學法國，與印象大師莫奈交往，將西洋寫實技巧融入日本花鳥畫之中，他為皇宮所作這 30 幅花鳥畫的原稿，保存於東京國立博物館。

「七寶燒天才」日本匠人濤川惣助的作品

濤川惣助是明治時代蜚聲國際的七寶燒大師，曾榮獲明治二十二年（1889年）巴黎萬國博覽會之名譽大獎。他發明了無線七寶燒的非繪畫製法，即是等釉料燒過後，將礙眼的銅絲移走，再填上新釉料，從而能夠用琺瑯再現畫功超卓的渡邊省亭筆觸，濃淡相宜，栩栩如生，可謂鬼斧神工。

東西合璧的國家宴會廳

　　「花鳥之間」天花板上的油畫則是由法國畫家所繪，以歐洲狩獵鳥獸圖互相呼應，可謂東西合「璧」，毫無違和感。配襯着漂亮的水晶燈裝飾，讓整個廳房金碧輝煌，廳房正中間同樣有代表日本天皇的菊花紋。

　　花鳥之間是國家的宴會廳，招待過美國總統特朗普、中國總理李克強、英國伊利沙伯女皇，而第一個在這裏吃飯的人，正是當時還是皇太子的大正天皇。明治天皇修建這間西洋宮殿給皇太子住，所以這裏也叫做東宮御所，宮殿之所以取巴洛克式西洋風格而非日本和風，是希望皇太子浸淫於西方文化，成為一個比自己更加西化的新天皇。

彩鸞之廳——和洋特色並重

　　另一個豪華的廳房叫做「彩鸞之廳」，名字來自房間中的鸞，是中國傳統的神獸，左右大鏡上方及大理石暖爐兩側，則飾有展翅的大鳥雕刻。在這裏，你會感到猶如置身法國凡爾賽宮的鏡宮般，周圍全部都是玻璃鏡，華麗的石膏雕像上貼着金箔，玻璃鏡反射之下盡顯浮誇豪華。細看之下，原來「金鸞呈祥」的旁邊還有眾多獅身人面、飛

馬獨角獸等西方神獸，合奏一首「和魂洋才」的史詩交響樂。

　　再看下去，會發現除了西方神獸之外，還放置一些日本風的擺設，因為日本天皇、首相會在這裏 接待外賓，他們要向外賓展示日本傳統的武士道精神，如何展示呢？就藏在廳房內的擺設裏：壁爐上面有日式武士的頭盔、門上面有兩隻英國獅子，還有織田信長、豐臣秀吉式的日式武士盔甲。

門上暗藏織田信長、豐臣秀吉式的日式武士盔甲。

彩鸞之廳

壁爐上面有日式武士的頭盔

浮誇風格展現維新成果

最後一間是大舞廳「羽衣之廳」，名稱來自以謠曲《羽衣》為主題的大型天井畫，房間用作雞尾酒會場地及舞廳，色彩以金色與紅色為主調。天井中間是由法國畫家描繪謠曲《羽衣》中「虛空中花落下，可聞樂音，靈香飄散四方」一節：四方之香爐飄香，仙女散下粉紅花瓣。廳內並掛有三座巨型的法國水晶吊燈，每座以七千餘件零件組成，是宮殿中最大最豪華的水晶吊燈。

赤坂離宮建於 1909 年，當時是明治末年，明治維新已經成功，日本打敗了清朝之餘，亦打敗了歐洲列強俄羅斯。為了顯示自己的維新成果，以及西化的成功，日本政府計劃建立一座無比豪華的宮殿，選擇了巴洛克風格。在當時的歐洲，最豪華的巴洛克式建築是甚麼？就是宮殿中的宮殿——路易十四的凡爾賽宮，這就是日本這座迎賓館和凡爾賽宮很相似的其中一個原因。迎賓館前方還有一座大水法，令我想起圓明園，當年滿清乾隆年間亦在圓明園建了一個巴洛克式的宮殿，同樣有一座大水法，不過於 1860 年被英法聯軍燒毀了。帝國主義者為甚麼不火燒赤坂離宮呢？真可惡！

對外開放的迎賓館

赤坂離宮，大正天皇身為太子時在此舉行婚禮，昭和天皇於 1923 年至 1928 年在此宮居住，今上天皇於二次世界大戰後也居住於此，可謂皇氣十足。1968 年，由赤坂離宮改建成為「迎賓館」，至 1974 年完工，2009 年正式列入國寶建築，2016 年開放給公眾參觀。

2017 年年底，美國總統特朗普開始他的亞洲訪問之旅，在北京，習近平主席在故宮招待特朗普；來到日本，首相安倍晉三就在赤坂離

宮這個迎賓館招待特朗普。除了有儀仗隊歡迎總統，還招呼他去餵錦鯉，不知道大家是否還記得那一幕？當時，安倍晉三示範怎樣餵錦鯉，特朗普則很不耐煩，整包魚糧一下倒進錦鯉池，成為一時的笑話。

　　這個美麗的迎賓館，一直都是日本政府用作招呼國賓的地方，現在大家也有機會進來這個美麗的花園參觀，入場價格為 300 日圓，如果參觀赤坂離宮內部，就要 1,100 日圓，以這個價格，可以看到國寶級富麗堂皇的宮殿，下次來到東京時，你又怎會錯過呢？

大學誕生

　　明治元年時，天皇頒佈了《五條御誓文》，要「求知識於世界」；明治二年，又取消了士、農、工、商的階級分層，成了四民平等；明治五年時頒佈學制，向全國人民提供免費義務教育。對於這些改革，最開心的莫過於農民了，本來他們一輩子只能面向黃土背朝天，現在有機會得到國家提供教育，表現出眾者更可以考入大學，甚至參加選舉，進入國會變成議員，決定國家的命運。大家突然深深感受到，這個國家是自己的，就在那一刻，臣民的關係變成了國民。就這樣，亞洲誕生了第一批真正的國民，日本成為了真正現代化的國家。這種不問出身，不問階層，只要你有才能、願意拼搏，就可以爬到最頂端過程，就是向上流動性。

　　日本東京有三大名校，第一間當然是日本第一間大學——東京國立大學。第二間是日本最早的私立大學——慶應大學，慶應大學由日本大教育家，有日本伏爾泰之稱的福澤諭吉成立，因為當時是慶應四年，所以命名為慶應大學。至於第三間，就是日本明治時期政治家大隈重信成立的早稻田大學。大隈重信曾做過兩任日本首相，他本人跟福澤諭吉關係不太好，然而不打不相識，福澤諭吉建議他投身教育界，

大隈重信便在自己的別墅附近找了一塊田地辦學，這塊田種植的是一些很早熟的稻米，叫做「早稻田」，大學也因而得名。

東京國立大學

　　明治維新，大多中國人覺得是置產興業，富國強兵，其實這也是一場人的革命，明治維新成功的關鍵在於教育興國。亞洲第一所大學東京國立大學的本鄉校區，有一扇赤門，曾經是加賀藩的御守殿門，稱作「御手殿門」，建於 1827 年的幕府時代。到了明治維新，這扇門成為了一個「龍門」——鯉魚躍龍門的「龍門」，不論你身家背景如何，只要能過了這個「龍門」，就可以變成一條龍。

東京國立大學赤門

香港大學有一個荷花池，中文大學有一個未圓湖，東京大學則有一個三四郎池。這個池本叫作「心形池」，是加賀藩主私人花園的一個水池，養了許多錦鯉。後來因為東京國立大學名校友，也是明治時期的國民作家夏目漱石的一篇小說《三四郎》的關係，這個池便改名為「三四郎池」。除了夏目漱石，許多大文豪例如太宰治、芥川龍之介、三島由紀夫、諾貝爾獎得獎者川端康成等，均是出身於東京國立大學。

作為亞洲第一間大學，東京國立大學今年已經是 141 歲，她不辱使命，向日本人顯示了向上流動性的道路。日本人將 University 翻譯成「大學」，也傳到中國，成為另一個和製漢語。

大學兩字源自東大

早稻田大學

早稻田大學早年名為「東京專門學校」，今天則已成為國際知名學府，中國時任領導人江澤民、胡錦濤訪問日本時，亦曾在早稻田大學的大隈講堂發表演講。早稻田大學雖然是三間名校中最遲成立的，

但在中國有很高的知名度，這家大學跟中國的淵源相當深遠。1894 年甲午戰爭，中國戰敗，當時清朝的有識之士發現，日本的明治維新成功而中國的洋務運動失敗，因此希望到日本留學，早稻田大學是第一間接受清國留學生的大學，亦最早成立了清國留學生部。當時畢業於早稻田大學的傑出中國校友包括：李大釗、陳獨秀、宋教仁等，均改變了中國的政治。

　　日本人說，東京國立大學最出名的是法律系；慶應大學最出名的是商科；早稻田大學最出名的就是文科，校園內豎立着坪內逍遙的雕像，他是文學院的創辦人，大正時期的大翻譯家，亦是一個文學家，

曾經翻譯過 40 集《莎翁全集》。據說，摸過這個雕像的右手之後，就能夠順利考入早稻田大學，如今雕像的手已經被人摸到發亮了，可見有多少人希望進入早稻田大學。

坪內逍遙雕像的手已經被人摸到發亮了

早稻田大學培養了七個日本首相，不過，於我印象最深的，莫過於可愛的廣末涼子，除此之外，還有一位影響了我寫作風格的作家：村上春樹。他曾說過，他在早稻田大學上學時從沒有讀過書，但他所寫的書則暢銷全世界，一本銷量超過四百萬冊的名著，就是在這間學校的森林誕生，書名是《挪威的森林》。

新幹線——世界最安全高速鐵路

明治維新帶來的巨大改變，遍佈在「衣、食、住、行」的各方面。作為亞洲最大的城市，東京擁有第一條火車，第一條地鐵，在迷宮般的東京車站，遊客很容易迷路——迷失在百多年的歷史之中。

在日本，乘搭火車是一種享受，你可以選擇悠閒地乘搭時速 30 公里的蒸汽火車，感受一下明治時期的天皇出巡的風味；你亦可以選擇速度快十倍，時速 300 公里的新幹線。新幹線是日本第一條高速商營鐵路，至今已經營運超過半個世紀，載客人數超過一百億人次。日本雖然是一個地震頻繁的國家，但從來沒有因為行車事故造成人命傷亡，可以說是一個奇蹟，使新幹線被譽為全世界最安全的高速鐵路。

日本保留了最早的蒸汽火車

火車上的日常——便當

　　搭日本火車，一定不可錯過「Ekiben」。「Ekiben」是甚麼呢？「Eki」是火車站的意思；「ben」即是便當的簡稱，「Ekiben」則結合了這兩個字詞，變成「車站便當」。日本第一份車站便當，亦是從明治維新開始，明治二十八年，在一輛上野開出的火車上，首次提供了一種很簡單的日式飯團，就是第一代的「Ekiben」。發展至今，已是千變萬化，各個月台、各個地方，都有各種不同風格的車站便當。

　　許多人專程來日本參加各種「祭典」，在東京車站內還有個「車站便當祭」，來自全日本不同火車站，總數超過二百款車站便當，都能在東京站這間店找到。據說這裏一日可以賣出超過一萬五千個便當呢。

新幹線火車便當

冠軍便當售價 16 萬日圓

　　車站便當已經成為日本人日常生活的一部份，因為車程一般較長，大家都習慣了在新幹線或者火車上吃便當。除了新幹線的車站便當，你亦能在東海道新幹線上，買到東海道限定的車站便當。便當盒子本

身就是一件藝術品，打開蓋子，裏面更是精緻，有不同的壽司、天婦羅蔬菜以及甜品。

　　日本各地更會舉行便當比賽，例如 2018 年，車站便當冠軍就是一款穴子車站便當。穴子即是星鰻，是海鰻的一種，這個便當更破了「最貴車站便當」的紀錄，價格是 16 萬日圓，真不是一般的誇張！這個價值 16 萬日圓的車站便當，當然也是非一般的精美，便當以木盒盛載，總共有三層，真是一個豪華的車站便當。

東京車站──心臟中心點

　　日本的靈魂在京都，日本的心臟當然在東京，而心臟的中心點，就是東京火車站。日本第一條鐵路建於明治五年，由新橋出發開到橫濱，當時明治天皇親自坐上這輛火車，主持啟用儀式。至 1914 年，日本鐵路總長度已經去到 7,100 公里，跟英國鐵路的差距由 1,000 倍縮短至 4 倍。同年更開設了新的中央火車站──東京火車站。

東京車站

東京車站中央大門，只能供天皇使用，平時關閉，這是 2019 年 5 月 20 日德仁天皇登基後使用車站正門相片。

東京火車站的選址經過深思熟慮，位置正對二重橋，也即是皇居。當時已經是大正天皇的年代，建築中央火車站的重任就在辰野金吾身上。辰野金吾於 26 歲（明治十三年），去了英國倫敦學建築，回國効力，為國家留下了這座壯觀的維多利亞式火車站。車站設計非常特別，左右兩邊各有一個圓拱門，一個用作上車，另一個下車，中間還有一扇門，留給天皇和皇室成員專用。

除了在日本，辰野金吾在台灣的知名度也十分高，因為他生於明治、長於大正年代，正正是日本殖民台灣的時期，他在台灣建了很多西式建築，使用至今，譬如大家熟悉的台北總統府就是他的傑作之一。

東京人約朋友通常不會約在東京車站等，因為車站之宏偉寬敞，實在很容易迷路。東京車站的面積是東京巨蛋的 3.6 倍，月台數量亦是日本第一，有 30 個月台之多，每天從這裏出發的列車有 3,000 班，可以直達日本 32 個道、都、府、縣，這裏更是日本 JR 的中央車站。1945 年第二次世界大戰時，車站遭美軍炸毀，復原工程一直到 2012 年才完成。今天，這裏除了 24 小時不停運作，作為交通樞紐外，還成為一個文青打卡的地方。

東京車站酒店——百年歷史的味道

　　人潮湧湧的中央車站，往往帶給人無限遐想，電影《中央車站》、《東方快車》都發生在火車上或火車站內，諾貝爾獎得獎者川端康成、推理小說大師松本清張，都喜歡在這個東京火車站創作，更曾在毗鄰的東京車站酒店留宿。東京車站酒店於大正四年開幕，至今已超有百多年歷史。踏入酒店，你會看到很多關於車站的舊相片，以及它輝煌的歷史，站在高高樓底的大堂，恍如時光倒流。

　　這家酒店的命運跟東京車站唇齒相依，1945 年美軍空襲東京時，酒店跟車站一樣受到美軍的空襲，兩年之後再重建，到了 2006 年，酒店又跟車站一起重新維修，六年後的 2012 年，才重新開幕。酒店最出名的房間，就是川端康成曾經在裏面寫作的 3117 號房。

　　住在東京車站酒店，美景盡收眼底，一邊可以看到皇居，另一邊則是無敵的月台景。在這裏，你會聽到熟悉的日語廣播聲音：「下一站，東京站。」留宿在這間百年歷史，由辰野金吾設計的東京車站酒店，火車站的廣播聲音伴你入睡，晚上定會做一個好夢。

東京車站酒店

帝國酒店──日本第一間西式酒店

　　明治二十二年，明治天皇頒佈《大日本帝國憲法》，到了昭和時代他被尊稱為明治大帝，大帝是指甚麼呢？就像俄羅斯的彼得大帝（Peter the Great）一樣，因為明治維新後日本的國力大為提升，在甲午戰爭後不但佔領了台灣，還在朝鮮半島建立殖民地，成為近代史上第一個擁有殖民地的亞洲國家，正式得到由國家晉身帝國的入門券。

　　不過這個帝國的存在歷史十分短，由明治元年到 1947 年改變憲法，只有短短七十九年時間，大日本帝國很快走入了歷史，和她一起走入歷史的，還有帝國大學、帝國憲法這些名稱，沒有改名的，只有帝國酒店。

帝國酒店

帝國酒店是日本第一間西式酒店，這裏沒有傳統的榻榻米或床墊，從床鋪枕頭到傢俬、電器，已經全部西化，上一輩的日本人很喜歡來這間酒店，因為在他們的心目中，這間酒店正代表了日本最輝煌的年代——帝國時代。

　　帝國酒店代表了日本過去的榮光，不過對於亞洲人而言，這種所謂的榮光，包含着殘忍、殘暴的日本帝國主義軍國統治。當年明治維新，是為了擺脫西方列強加諸給幕府的不平等條約，以及取消五個港口裏的租界，然則明治維新一朝成功，日本就逼令清朝簽訂不平等條約，並在清朝五個港口開設日本租界，完全忘記了孔子的教訓：「己所不欲，勿施於人」。相比於帝國酒店囂張、霸氣的帝國風，我還是比較喜歡傳統的和式旅館，那裏有一種低調、溫存的感覺。

café 1894 ——三菱公司前總部

　　「三菱」這個品牌，相信大家都不陌生，雖然我並不想做宣傳廣告，但這個名字卻「老是常出現」，從長崎軍艦島煤礦，到東北的小岩井農場，這個牌子幾乎無處不在。

　　美麗的咖啡店 café 1894 坐落在東京丸之內，1894 這個年份有甚麼特別？在這一年，三菱公司的總部（一號館）成立了。三菱的創辦

美麗的 Café 1894 坐落在東京丸之內

人叫岩崎彌太郎，他的一生十分傳奇，短短數十年，由一無所有到成為全國首富。他出身自「田舍者」，即「鄉下佬」，本來只是高知縣的一個下級武士，一個浪人而已，他的父親因為酗酒，經常跟人打架，岩崎彌太郎更為此坐過一次牢。但在獄中，同倉的獄友教會他算術，當時是江戶幕府時期，懂算術的人並不多，岩崎彌太郎不僅在獄中學懂了算術，獄友還教了他做生意的秘訣，出獄後他便開始做生意。

一個下級武士的傳奇故事

　　看岩崎彌太郎的發跡過程，基本上就可以看到整個明治維新的工業化過程。事實上，三菱財閥的崛起，簡單來說就是「官商勾結」。財團成立初期，得到政府大力資助，例如小岩井農場那片廣闊的土地，就是政府送給財團的，所以岩崎彌太郎跟政府的關係十分密切。第一次世界大戰和第二次世界大戰期間，三菱集團製造了大量軍火，又發了不少軍火財。

　　來到今天，不論是咖啡店、牛奶、相機、啤酒、銀行服務、汽車、冷氣機甚至升降機，全部都是來自這個出身於土佐藩的下級武士。我相信，當年岩崎彌太郎自己也沒想到，他在獄中學到的平凡算術，能夠幫到他建立如此龐大的事業王國，所以，知識真能改變命運。

　　從另一角度來看，明治維新也見證了日本財富的轉移。在明治維新前，日本的財富集中在將軍、大名手中。明治四年，廢藩置縣，所有藩主一時間失去所有收入，同時開始工業革命，工業革命帶來了新的社會階級——財閥（Zaibatsu）。日本有四個著名的財閥：住友、三菱、三井、安田，明治維新時，這四大財閥控制了日本工業、農業、商業、金融等所有經濟範疇，富可敵國。

舊岩崎邸庭園──西式豪宅

　　參觀過 café 1894 這個三菱公司前總部，不妨再到訪舊岩崎邸庭園，岩崎彌太郎之家。這個美麗的庭園位於東京上野，一百五十年前江戶幕府時期，屬於高田藩藩主神原的私家庭園，明治維新時被三菱商社之父岩崎彌太郎買下，興建自己的豪宅。

　　豪宅採西式設計，金碧輝煌，牆壁上鋪着金唐甲紙，這些不是普通的牆紙，而是用真金以人手經繁複程序製成，是由荷蘭傳入的一種製作方法，單是這一個房間，就難以估計價值多少了。

牆壁上鋪着金唐甲紙

舊岩崎邸庭園

建這間屋時，岩崎彌太郎已經 45 歲，人到中年，他始終還是喜歡傳統和室，因此豪宅內也建有和室，和室聘請了著名建築師用相當珍貴的木材建築，面積也比洋室大得多。到了 60 年代，日本政府收回這座建築後，拆除了大部份和室，很多歷史學家回顧時，都覺得這是一個錯誤的做法，因為這裏的和室隨時比旁邊的洋室還要珍貴。

　　這是否證明了日本人太過崇洋，寧願保留洋室也不保留和室？曾經有人評論明治維新就像一場文化大革命，尤其是廢佛毀釋，當時全國一次過燒毀了很多寺廟，強迫僧人還俗，和中國當時破四舊的做法幾乎同出一轍。

舊古河庭園——和洋混和

　　日式庭園有三種：一種是露地式庭園，即是茶道的枯山水，是禪宗的風格；另一種是池泉式庭園，東京的「舊古河庭園」就是代表作，這個庭園中有一個很美的心形池，還有很多日式石燈籠、飛石^(註2)、鮮綠的青苔，四季都有不同的變化，漫步其中，驟眼以為自己去了京都。不過，這個庭園的建築者還真是由京都過來的，他就是日本近代庭園之父植治的七代目。

　　植治建好這個庭園之時，明治時期已經完結，所以跟這個日式庭園相連的，不是另外一個露地式庭園，亦不是和風的池泉式庭園，而是一個英式玫瑰花園，後面更有一棟英國傳統古典式的建築物，由英國設計師 Mr. Conder 所建，事實上，他在日本建了不少西式建築。

　　住在古河庭園中的，當然是古河家族，這個家族的命運跟三菱一樣，1945 年被解散，整個花園亦被充公了，現在開放給公眾參觀。對於這個古河集團，大家可能較陌生，但如果我說另一個品牌，大家可能會熟悉一點，就是富士通。古河的日文名其實是「ふるかわ」，他

舊古河庭園

的合夥人是西門子，他們將兩個字結合變是了「ふじつう」，就變成了大家都認識的富士通，其前身就是古河電工。

Café Paulista ── 日本咖啡廳始祖

一間咖啡廳往往是一個城市的縮影，巴黎如果沒有 Café de Flore，應該吸引不到海明威寫出《流動的盛宴》；維也納如果沒有 Café Central，應該吸引不到這麼多文人墨客。東京銀座，日本第一條西化的街道，坐落着 Café Paulista，創辦人叫水野龍，是日本的巴西移民之父。

明治維新時全面西化,日本人也開始移民他方,尋找新機會,第一艘移民的船從神戶港開出,目的地就是大西洋另一面的巴西。船上眾多第一代移民之中,就有水野龍。水野龍移民到巴西後,開立了一間移民公司,輸出了很多同鄉到巴西從事咖啡園的開墾工作,巴西政府為了感激他協助輸入這麼多勞動力,就贈送了 1,000 俵^(註3)的咖啡豆給他,水野龍從巴西把咖啡豆帶到日本,開始了日本和巴西的百年咖啡情。

　　明治四十四年,明治末年,水野龍在大隈重信的幫助下,在完全西化的銀座開了咖啡店 Café Paulista。大隈重信亦是早稻田大學的創辦人,因此這間咖啡店吸引了很多教授、文人、學生來喝咖啡,為整個銀座帶來了書香、咖啡香。

Café Paulista ——日本咖啡廳始祖

喜多床——日本首家理髮店

一百五十年前，明治維新為日本帶了天翻地覆的變化，這些改變
不只在外觀上，教育理念思想上的改變，更為重要。江戶改名做東京，
出現了各種新奇的西洋事物，在東京生根發芽，影響至今。

頭髮，對於全世界任何地方，任何年代的男人都是很重要的，明
治時代之前，日本男士都是保留着同一種髮型——月代頭，髮型樣式
是把頭頂中間的頭髮剃掉，兩旁的頭髮保留下來，最重要的是要保留
一簇紫菜似的頭髮，留在頭上或是束起。明治四年，明治天皇頒佈了
《散髮脫刀令》，下令所有武士不能再留「月代頭」，要到髮型屋剪
一種嶄新的西式髮型。

日本第一間髮型屋在哪裏？ Google 大神也遍尋不着。我想起我的
髮型師，Il Coupo 的 Danny，他經常去東京觀摩 Hair Show。80 年代
由 Matchy 頭到現在，亞洲髮型潮流都是唯東洋馬首是瞻。他介紹了
日本髮型師中田先生給我，輾轉之下，終於聯絡到了日本第一間髮型
屋：成立於 1871 年（明治五年）的喜多床！

傳承百多年的手藝

日文「床屋」意思就是「像躺在床上的房屋」，這間「喜多床」
是日本第一間現代化的床屋，成立於 1871 年（明治五年），客人包括
日本第一任首相伊藤博文，在這裏完成了他人生第一次的剪髮，至今
已有一百四十年歷史，現任喜多床的主理人宮田千代女士，已經是五
代目（第五代傳人）。

宮田女士分享了日本男子髮型的變遷：大正年間或昭和年間的男
子，多數跟歐洲男士的髮型風格是一樣的，剪得很短、沒有劉海，頭

髮向後上了髮膠，兩鬢的頭髮亦會剃掉一點點。床屋的客源以年長人士較多，但近年流行復古，也有一些十多歲的年輕人來這種懷舊床屋剪髮，還特別要求修剪一個古老的爺爺年代髮型呢。

日本首家理髮店喜多床，中為宮田千代女士。

床屋服務初體驗

　　來到這日本第一家床屋，又豈可空手而回？於是我決定親自試試這種明治時代的手藝。宮田女士向我們介紹説，一個普通男士理髮套餐，會包括洗剪吹以及修整鬍鬚，大概需要 50 分鐘至一小時的時間。這裏的做法跟香港有點不同，在香港的髮型屋，第一個工序是洗頭，而且會先把頭髮弄濕，但這裏則是先放洗髮水，再淋上少許清水搓起泡沫；沖洗的方法也和香港不一樣，在香港我們會躺着洗頭，但這裏則是坐在椅子上，身體前傾的洗髮方式，如此安排，原來是要保留當

年明治時候的風格，真是復古得很徹底。

　　洗完頭後，會有專人幫你按摩頸部，就像躺在按摩椅似的，十分舒服，另一邊廂則有另一名女士幫你修甲，真是人生一大享受。日本的上流人士，尤其是老一輩的富貴人家，都會到床屋修甲，修整後的指甲亮麗有光澤，看起來就很有精神。修甲按摩後，下一個步驟便是剃鬍子，為了這個環節，我之前還特意留了一晚的鬍子呢。

　　一個小時左右，一個全新形象出現了，髮型乾淨利落，有點像 50 年代的「一九分界」，不單只頭髮，面部、鬍鬚、指甲也都一一清潔修整，整個人容光煥發，倍感精神，日本人的服務，果然一絲不苟，效果一流。

　　事實上，對於日本人放棄自己的髮型，嘗試跟隨西式髮型的做法，我最初是有一點保留的，因為美是一種很主觀的事情，西方的審美觀不一定全對，東方的也不一定是錯。然而，雖然日本人確實很忍心，一道命令便捨棄了保留了逾千年的傳統髮型，但正正因為他們這種決心，才令他們的文明開發進行得如此徹底，整個日本脫胎換骨，做到「脫亞入歐」。

宮田女士為我梳了一個大正頭

明治天皇到川保久玲

　　已經步出了名店，我又回頭，同售貨員講：「可以再試一次嗎？」這是一件收身窩釘皮中樓，但價格為五位數字，令囊中羞澀的我卻步。第三次穿上這間 Rock 味十足的外套，好像有萬能膠的魔力，再也脫不下來。自覺一穿上這件外套，人就自信了一千倍，這件是我今年買的最貴一件衣服。我安慰自己說：「今年是明治維新一百五十週年，當作紀念洋服東漸的歷史見證吧！」令我神魂顛倒的這件衣服品牌正是 Comme des garcons。

　　日本明治維新之時，正式穿上第一套洋服的日本人，是明治天皇以及皇后美子。明治三年他宣佈西式禮服成為日本政府官方服裝，更率先到倫敦 Mayfair 的 Savile Row 度身訂造高級西裝，故此日語中至今稱西裝為「Sebiro セビロ」（漢字寫成背広），就是由 Savile Row 演化而來。

　　明治元年（1868 年），柴田音吉洋服店在幕末早已開港的西化城市神戶開業。東京現存最古老的洋服店則是明治二十三年（1903 年）的高橋洋服店，這家百年老店現在仍然矗立在最早的西洋街銀座大街。四代目高橋純以「體型補正」為客人度身訂造高級西裝，只選用英倫布料，鈕門位置和裁剪等，全部遵循英國 Savile Row Style，百年不變。

　　柴田音吉洋服店的第一位客人是甲午戰爭中大敗李鴻章的伊藤博文。當「川保久玲大戰山本耀司」，李中堂毫不客氣，他曾當面訓斥日本大使森有禮「貴國捨舊服仿歐俗，拋棄獨立精神而受歐洲支配，難道一點不感到羞恥嗎？」環顧，今天更多身穿西裝、西褲的國人，口中卻大叫「反對西化」，是否應該學習李鴻章，言行一致呢？

　　就我而言，我則較希望看到大和美人譬如廣末涼子、松隆子，穿着和服大於他們穿洋服的模樣，因為這代表着他們的民族特色，所以不一定跟隨西方人穿西服就是最好。

中為高橋洋服店的四代目店長高橋純

Sebiro 職人精神

　　來到高橋洋服店訂造西服，首先會為你量度身材尺寸，接下來便是繪製紙樣，再按照紙樣的大小剪裁布料，最後縫合起來。縫合的工序有很多，亦很花時間，模板完成後，會致電客人預約試身，試穿一次便可以知道到底是否合身，萬一不合身的話，便要從紙樣開始重新製作，可見工序之繁複，以及所花的心思。從度身到完成，一般需要兩個月的時間，不過為了一套合身高雅的手工西服，是值得花時間等待的。

小丸子書包

除了西服「Sebiro」，還有另一樣由明治維新時期傳承至現在的服飾用品，就是 Randoseru（ランドセル）日式書包。

如果我們看日劇或者日本卡通片，會看到日本小學生很可愛地背著一個外表笨重的方形書包，那個便是 Randoseru，傳說這種書包防水，又可以用來防地震，拿上手很有質感，頗具重量。其實這些書包做得如此堅固，是有歷史原因的：明治維新二十年時，當時的皇太子（即後來的大正天皇）要上小學了，伊藤博文便獻上了一個行軍用包給皇太子上學用，這是首次把行軍用包變成小學生書包，這種包在當時，絕不是平民小學生可以用到的。

兩代製作 Randoseru（ランドセル）日式書包的中村先生

東京有許多歷史悠久的傳統日式書包店，我們來到中村先生的店，參觀一下這裏售賣的日式書包。中村先生是這家店的二代目，即第二代傳人。現今的日式書包經過多年的改革，又有哪些特色呢？中村先生介紹説主要有三大特色：

舒適度：適合小朋友的身型，揹起來會更輕便、更貼服。

質量：沒以前般沉重，比較輕巧。

設計：以前只有黑色和紅色，現在則多了其他顏色選擇。

此外現在製作書包所用的配件質量也更好，並且大多數添加了磁石扣的設計。

日式書包除了外表堅固耐用，裏面的結構也看得出不少心思。一打開書包，內部附設了一個時間表，學生能依據日期收拾書包及用品；書包主格有兩格，最大一格可以放書本，中間那格則放文具、紙巾等常用品；書包前面還有一格，可以放置貴重物品例如錢包等。

供不應求

日本大部份小學生，一個書包會從一年級一直用到六年級，因此這些書包的品質維持得很好，而且會有六年的保養期。不説不知，店內原來至今仍保存着一個有五十五年歷史的日式書包，這個書包以牛皮製作，到今天都沒有出現爆裂、爆線等情況，簡直就像新的一樣。

一個日式書包售價 63,000 日圓，説起來不算很貴，但要知道，五十多年前這個書包已經價值一萬多日圓，其實並沒有漲價很多。但想買這種日式書包也不簡單，店內目前存貨已經售罄，原來不只日本的小學生喜愛這款書包，還有不少來自香港、台灣、泰國、美國、歐洲等顧客訂購，確實是非常搶手呢。

東京 150 歲

東京，作為日本的首都，相比其他千年古都，東京只是個很年輕的首都，今年是她的 150 週年。日本至古師從中國，將首都建築於內陸地區，不過，如果你在網上搜尋：「日本的首都在哪裏？」你會發現是沒有的。因為天皇定居的地方便是首都，天皇住在東京，東京便是日本的首都；或者，有一天，他搬回京都定居，京都便是日本的首都。

不過，無論如何，東京作為我最熟悉的日本城市，我要說一句：「150 週年，生日快樂！」

註 1：景泰藍：「景泰藍」並非如瓷器般由中國原創，歐洲稱為 Enamel（金屬胎嵌琺瑯），元朝時由中亞傳入中國，故曾名「大食窯」。明代景泰時代，皇帝對這種工藝品情有獨鍾，皇宮內御用陳設幾乎全部用琺瑯製作，由於所用琺瑯釉以藍色為主，故名「景泰藍」。這種景泰藍的製法，是先用銅絲盤出花紋，黏固在胎器上，然後在花紋框格內外填入各色琺瑯釉料，入窯烘燒，如此重複數次，待器表覆蓋的釉層累積到適當厚度，再進行打磨、鍍金等，工藝相當繁複。景泰藍是明清帝王朝堂陳設用器，金絲纏身，甚具王者之氣。
明代「景泰藍」的工藝為「掐絲琺瑯」，除此以外西洋琺瑯還有另一種工藝，名「畫琺瑯」，又稱「洋瓷」，康熙時期由西洋傳入。因為琺瑯釉料在燒製時容易流淌走樣，因此對於釉料配方以及火候控制均有嚴格要求，技術難度較「掐絲琺瑯」高，是琺瑯工藝中最難的一種。現今我們在故宮、各大拍賣場能夠見到的明清「景泰藍」，多數是「掐絲琺瑯」，「畫琺瑯」極為罕有。
註 2：飛石：日式庭園中，草地上間隔鋪放，用以踏腳的石頭。
註 3：俵，日本量米的單位，約四斗米為一俵。

明治美食

和牛

　　和牛的歷史很短暫，在明治維新以前的一千多年，日本人跟中國人一樣不吃牛肉，因為日本跟中國一樣以農立國，牛是用作耕田，所以禁止吃牛肉。到了明治天皇時期，他認為西方人之所以比日本人高很多，是因為西方人會喝牛奶、吃牛肉，才下令全國人民開始喝牛奶、吃牛肉。

　　日本人開始吃牛肉後，短短時間內就研發出很多不同的和牛料理，甚至外國人亦會專程到來品嚐和牛，所以說日本人真的很厲害。Wagyu（和牛）這個字更列入英文字典，假如你到倫敦、巴黎或美國等地的餐廳點菜，菜單上不會寫 Japanese beef，而是寫 Wagyu，即是用片假名拼出來的「和牛」。

　　事實上，並不是所有來自日本的牛都可以稱之為和牛，在日本生產的牛稱為國產牛，日本和牛給人感覺更高級，因為牠是純正血統的日本牛，世界上只有四種和牛：黑毛、紅毛、短、無角。平日我們在餐牌上會看到不同種類的和牛菜式，有些叫特選，有些叫極上，哪一種較高級呢？其實並沒有統一準則，怎樣可以知道和牛的級數？最簡單是從價錢判斷，一分錢一分貨，愈貴愈高級。

　　說到牛肉，日本有一種很便宜的快餐牛肉飯，相當受香港人歡迎，但原來對日本人來說，一個女生單獨去吃牛肉飯，算是有點丟臉的行為，就是所謂的敗犬之女。為甚麼呢？因為這種牛肉飯，向來以男性的消費者為主導，很少會有日本女性獨自光顧。

　　日本人自明治維新之後開始吃牛肉，慢慢發明了牛肉飯這種下價菜式，把牛肉切得很薄很薄，分不出是甚麼部位。日本第一家牛肉飯店，出現在明治三十二年，最初只是幾塊牛肉在牛肉鍋內涮一涮，再加上牛肉汁，便算完成。現在的牛肉飯，份量則要豐盛得多了。

鐵板燒

　　明治維新之後，日本人多吃了牛肉，不過他們煮牛肉的方法，跟西方

人不盡相同，當中加入了日式表演元素，變成了聲、色、藝俱全的鐵板燒。日本菜中，鐵板燒可稱得上是最高級的料理之一。不過，也有人不習慣吃鐵板燒，雖然可以跟廚師有很多互動，但在廚師眼底下進食，對方總會望着你看你吃完沒有、料理好不好吃等，確實會感到有點壓力。

鐵板燒的其中一個主角是牛扒，廚師先把肥肉剪下來，用它自己本身的油去煎香牛扒，然後把牛扒不時翻轉，將各部份燒至客人需要的熟度，整套動作漂亮利落。食物放進嘴巴前，眼睛先來一頓享受。

紅豆包

銀座有一家木村屋，獨沽一味只售賣紅豆包。其實日本最初並沒有麵包這種食品，至明治維新時，西方傳入了這種食品，最初也並不受歡迎。直至明治七年，木村屋的二代目木村英三郎，一日忽發奇想，將日本最流行的銅鑼燒餡料——豆沙，放了入麵包，創造了新的品種。他為這款食物改了一個名叫做「あんパン」，然後將這個新創立的麵包獻給明治天皇，天皇一吃，龍顏大悅，於是麵包開始於日本大為流行。

咬一口紅豆包，你會聞到淡淡酒香，為甚麼呢？原來發明這個紅豆包時，日本並沒有西式的酵母，於是他們便用了日本最傳統的酒釀方式去發酵。如今，木村屋已經在銀座屹立百多年，紅豆包也多了好些不同選擇，例如：豆、芝士、栗子，甚至雙拼的口味。售價只是162 日圓一個，即大約港幣 10 元左右，就可以享受一百四十年前的味道。

木村屋紅豆包

水果

　　許多香港人都喜歡吃日本水果，每次來日本旅遊，更會一箱一箱買回家。日本人確實很擅長種植水果，她本身是一個島國，原生的水果並不多，主要是靠雀鳥把種子傳過來，然後生成果樹；或者是靠外國傳入，例如日本西瓜最早由非洲傳入中亞，傳入中國再傳到日本；香蕉和菠蘿則是日本侵佔台灣時期，由台灣傳入，相傳明治天皇最喜歡吃香蕉，甚至要在自己皇宮裏種植香蕉樹。

　　日本這家老字號水果店「千疋屋」，1830 年代開幕時只售賣廉價的水果，後來一位繼承人想要找一個新出路，便決定售賣貴價水果。這家店的改革，也為日本人建立了一個信息概念：貴價的水果可以當作禮物。所以這家店現時的銷售額，有七至八成都來自售賣送禮的水果。水果店還附設咖啡室，供應各種賣相精美的水果甜品，還有健康的水果三文治，在配上一壺香甜的水果茶，實在是人生樂事。

　　日本的水果還會分不同甜度，例如香印提子的甜度，一定要 20 度以上才稱得上做香印提子，此外，大家買日本水果時也可以留意一下，如果盒上寫着「秀」字，就代表這是最好品質的水果，不妨多買。

老字號水果店「千疋屋」

咖啡

　　鎖國時期，咖啡經過荷蘭人傳到日本，當時的日本人怎樣形容咖啡？他們說：又苦又澀，比中藥更難喝。

　　誰能想到，百多年後，日本成為全世界第三大咖啡銷售國，因為明治天皇以至明治的貴族，都以喝咖啡作為潮流的象徵。明治時期，日本人在東京上野開了第一間咖啡屋，到了 1969 年，又發明了第一罐罐裝咖啡，風靡全世界。

鯛魚燒

　　來日本旅行，「掃街」（購買路邊攤美食）是一種樂趣，一邊閒逛東京街頭，一邊還會發現不少明治維新的美食，鯛魚燒（たいやき）就是其中一個代表作。這款在明治時期出現的小吃，呈可愛的魚形，但原來這並不是它的原形，它原本只是一個圓形。關東地區的人叫它做「今川燒」，關西地區的人則叫「大判燒」，據説江戶時代日本人的錢幣叫「判」，日本人跟中國人一樣，喜歡好彩頭，所以就把這圓形的小吃改名做「大判燒」。

　　相隔了一百年後，到了明治時代，有個賣今川燒的商人，他的今川燒滯銷賣不出去，苦思良方，靈機一觸想到日本人每逢過節，總喜歡一些魚形的產品或食物，就想到做一個魚形的今川燒，結果十分暢銷。所以，今天日本街頭售賣的，多數都是魚形燒。東京街頭至今還有一家創立於明治四十二年的老店，堅持採用明治時期的古法製作，以一個個魚形鐵器逐個獨立燒製，而非一個大型鐵器大批生產。

 和製漢語

下水道

　　細菌被發現前，雖然它是無處不在，沒有人知道它的存在和威力。以前歐洲人會把自己的排洩物隨便扔出窗外，卻不知道這就是傳染病的源頭，直到 1849 年倫敦發生了一次很嚴重的霍亂，死亡眾多，科學家才開始研究，發現排洩物是傳染病的主要源頭，於是倫敦築造了世界第一條 Sewerage，把人類的排洩物排到城外面，這個重要的發明，使人類的平均壽命增加二十年之多。

　　1871 年（明治四年），這個發明傳到了亞洲，在日本的橫濱造了第一條 Sewerage，當時的日本人要為這個新事物起一個名字，叫甚麼名字好呢？翻譯家就想到了「Gesuido」，寫成漢字就是「下水道」，意思就

160

是地下的水道。

由於這個字淺顯易明，1909 年德國人到了天津築造下水道的時候，中國人就使用了「下水道」這個和製漢字。

下水道一詞來源於日本

香印提子

「有沒有香印提子賣？」港女朋友旅行時問過日本人、台灣人，當地人都不懂甚麼是「香印」。

近年身邊的「有米朋友」不時在面書炫耀幾十元一粒的香印提子，如何如何如何。一介窮作家，一直沒有試過。直到這次在日本旅行時，在水果店見到一袋青提子的包裝上，寫着「シャインマスカット」，我才恍然大悟！原來，日文片假名「シャイン」（Shine 的音譯）發音，和「香印」的國語發音接近，這應該就是「香印」的音譯來源了！

這，又關日本人深耕細作的優良民族性事。香印提子的日文為「シャインマスカット」，是英文 Shine Muscat 的音譯。台灣意譯為「麝香葡萄」。

葡萄品種有八千多個，其中一系列（約二百多個品種）的釀酒葡萄屬於 Muscat（學名為麝香葡萄），長得像青提子。日本人發現這種提子有特殊的花香味，口感好、爽脆，但是就太酸。於 1999 年起進行測試培植，將 Muscat 系的有「葡萄之后」綽號的亞歷山大麝香葡萄（英文：Muscat of Alexandria），和糖份很高的美國 Steuben 葡萄雜交培育，新的品種命名為「安芸津 21 號」。然後，再和「白南」葡萄雜交培育，經過七年的深耕細作，山梨縣植原葡萄研究所終於在 2006 年成功宣佈培育出「口感爽、甜度超過二十、香氣濃郁、連皮也好吃」的新品種，叫甚麼名字呢？他們就想到用「光輝」來形容這種麝香葡萄，所以命名為 Shine Muscat。其中，以岡山出產的香印提子品質最高，稱為「晴王」。

警察

　　路易十四時期，巴黎作為當時歐洲最大的城市，路易十四這個太陽王發明了「警察」這個制度，所以有了 Police 這個名稱出現，明治維新時，日本政府在東京引入了警察制度，那要如何翻譯 Police 這個字呢？當時日本人就創新地想到，將兩個中文字結合，成為一個新的詞彙。一個就是警戒的「警」，因為警察的功能是警戒犯錯的人；另一個字是調查的「查」，因為警察亦需要調查案件。將「警」和「查」兩字結合，就組成為一個新的詞彙：「警察」。

 明治生活

曆法

　　1912 年，民國政府用了西曆作為國曆，不過民間的節日，我們依然會用農曆來計算，兩種曆法並用，所以每年的大年初一、端午節、中秋節，都會發生在不同的西曆時間。

　　日本人則沒有這個煩惱，明治五年，明治天皇全面擁抱西方，決定放棄用了幾千年的農曆，只用西曆。那傳統節慶怎麼辦？就用西曆來過節，所以，日本人每年的大年初一，就是西曆的 1 月 1 日；端午節永遠都是 5 月 5 日；重陽節永遠都是 9 月 9 日；盂蘭節永遠都是 7 月 15 日。

單車

　　日本人踩單車的文化很普及，跟香港人只在週末租單車做運動不同。在東京上野公園，可以看到很多爸爸媽媽騎着單車，前面或後面載着小孩，一家幾口樂也融融。單車傳入日本，也是跟明治維新有關。

　　單車的歷史很短，1861 年由法國人發明，以前歐洲人利用馬車作交通工具，但由於馬車太闊，難以進入一些小巷，便發明了單車，就可以通

過一些很窄的街道。1867 年巴黎博覽會展出了單車，薩摩藩和幕府同時見到這種新奇的交通工具，然後就帶了到日本。

單車初來日本，是相當昂貴的奢侈品，一輛單車要 200 日圓，是一個警察月薪的 25 倍！

【漫遊明治維新地圖——東京】

1. 喜多床五代目

地址：東京都涉谷區涉谷 2-15- 涉谷クロスタワー B1F

營業時間：（星期一至五）10:30-20:00（最終受付 19:00）

（星期六、日、公眾假期）10:00-19:30

（最終受付 18:30）

涉谷理容室定休日：年中無休

Facebook：https://www.facebook.com/kitadoko/

2. 銀座高橋洋服店

地址：〒 104-0061 東京都中央區銀座 4-3-9 タカハシ クイーンズハウス 3F

營業時間：平日 11:00-19:00；星期六 11:00-18:00

定休日：星期日、公眾假期

網址：http://www.ginza-takahashi.co.jp/

3. 中村鞄製作所

地址：〒 123-0872 東京都足立區江北 1-32-1

營業時間：10:00-17:00

網址：https://www.nakamura-kaban.net

4. 木曾路

地址：銀座 5 丁目店

營業時間：10:00-19:00

中文網址：https://www.kisoji.co.jp/kisoji/tchinese/location.html

5. 早稻田大學

地址：東京都新宿區西早稻田 1-6-1

交通：JR 山手線高田馬場站步行約 20 分鐘

　　　西武新宿線高田馬場站步行約 20 分鐘

　　　東京 Metro 地鐵東西線早稻田站步行約 5 分鐘

　　　東京 Metro 地鐵副都心線西早稻田站步行約 17 分鐘

餐廳：有

官方網站：http://www.waseda.jp/inst/whywaseda/zh-tw/

6. 上野恩賜公園

地址：台東區上野公園・池之端三丁目

門票：免費

交通：JR 山手線・JR 京濱東北線・JR 高崎線・

　　　JR 宇都宮線・東京メトロ鐵銀座線・東京メト

　　　ロ日比谷線「上野」（G16・H17）下車徒步兩分鐘

京成本線「京成上野」下車徒步一分鐘

官方網站：https://www.tokyo-park.or.jp/park/format/index038.
html

7. 寬永寺

地址：東京都台東區上野櫻木 1-14-11

交通：鶯谷駅南口徒步 10 分鐘 JR 山手線京浜東北線

網址：http://kaneiji.jp

8. 東京大學

地址：東京都文京區本鄉七丁目 3 番 1 號

開放時間：7:00 - 20:00

交通：由東京 METRO 東京駅乘搭丸ノ內線，於本鄉三丁目駅下
車，步行約 10 分鐘

官方網站：https://www.u-tokyo.ac.jp/ja/index.html

9. 東京車站

地址：位於日本東京都千代田區丸之內一丁目

網址：https://www.tokyoinfo.com

10. Hama Roppongiten Steak House

地址：7 Chome-2-10 Roppongi, Minato, Tokyo106-0032

開放時間： 11:30 - 14:00；17:00-23:00

交通：地下鐵六本木站步行四分鐘
或地下鐵千代田線乃木坂站步行一分鐘

平均預算：午餐 5,000 円；晚餐 20,000 円

休息日：全年無休

11. 木村家紅豆麵包

地址：東京都中央區銀座 4-5-7

營業時間：10:00-21:30

休息日：除了新年假期外全年無休

交通：銀座站 A9 出口出站

官方網站：http://www.ginzakimuraya.jp/

12. 東京車站酒店

地址：1-9-1 Marunouchi, Chiyoda-ku, Tokyo, 100-0005, Japan

網址：https://www.tokyostationhotel.jp/?utm_
source=google&utm_
medium=knowledgepanel&utm_campaign=top

13. 京橋千疋屋

地址：〒 104-0031 東京都中央區京橋 1-1-9

交通：東京駅（八重洲中央口）徒步五分鐘

或地下鐵銀座線京橋駅（明治屋出口）徒步五分鐘

營業時間：週一至週五 10:00-18:00；
週六、週日和節假日 11:00-18:00

網址：https://s.tabelog.com/tw/tokyo/A1302/
A130202/13036931/?amp_floating_send_modal=1

14. 迎賓館赤坂離宮

地址：2 Chome-1-1 Motoakasaka, Minato City,
Tokyo 107-0051 日本

參觀：開放一般遊客參觀，以對實現觀光立國作出貢獻。如欲
參觀迎賓館，除透過本報名網頁事先預約外，亦可不
事先預約，當日直接到場參觀。

費用：本館、庭園，一般成人：1,500 円，18 歲以下：500 円，
12 歲以下：免費

和風別館、本館、庭園：

一般成人：2,000 円，18 歲以下：700 円

※12 歲以下兒童無法進場參觀。

※ 請於當天支付參觀費用時，選擇是否欲參觀本館。

和風別館、庭園：一般成人：1,500 円、18 歲以下：500 円

※12 歲以下兒童無法進場參觀。

※ 請於當天支付參觀費用時，選擇是否欲參觀本館。

庭園：一般成人：300 円，18 歲以下免費

※ 僅接受現金支付。

官方網站：https://www.geihinkan.go.jp

15. 舊古河庭園

地址：東京都北區西ケ原一丁目

開園時間：9:00-17:00（最後入園 16:30）

休園日：12 月 29 日 - 翌年 1 月 1 日）

入園門票：一般 150 円；65 歲以上 70 円

網址：http://www.tokyo-park.or.jp/park/format/index034.html

16. 淺草東南屋

地址：東京都台東區淺草 1-33-5

交通：淺草駅

營業時間：星期一至五 11:30 - 22:00（L.O.21:00）

星期六、日及公眾假期 11:00 -21:30（L.O.21:00）

網址：https://kiwa-group.co.jp/tatsumi_asakusa/

17. 鳴內鯛燒本舖

老店地址：東京都千代田區內神田 3-8-6

營業時間：10:00-23:00

網址：http://www.taiyaki.co.jp/shop/

18. 帝國酒店

地址：1 Chome-1-1 Uchisaiwaicho, Chiyoda City,
Tokyo 100-8558 日本

網址：https://www.imperialhotel.co.jp/j/tokyo/

19. 三菱一號美術館

地址：〒 100-0005 東京都千代田區丸の內 2-6-2

營業時間：10:00-21:00

網址：https://mimt.jp

20. 舊岩崎邸庭園

地址：東京都台東區池之端一丁目

開園時間：9:00-17:00

休園日：年末・年始（12月29日-翌年1月1日まで）

入園門票：一般400円；65歳以上200円

網址：http://www.tokyo-park.or.jp/park/format/index035.html

21. cafe paulista

地址：〒104-0061 東京都中央區銀座 8-9

營業時間：9:00-18:00（星期一至五）

網址：http://www.paulista.co.jp/sp/

Hokkaido

Tohoku

Chubu

Kanto

Chugoku

Kansai

Shikoku

Kyushu

東北

心靈故鄉

第七章

東北

兩個東北，漢字一樣，但大不同。

　　日本的東北地方一般指青森縣、岩手縣、宮城縣、秋田縣、山形縣、福島縣共六個縣，佔本州三分之一面積，人口為 900 萬，約為中國東北地區的十分之一。岩手縣盛岡已經是北緯 40 度，和北京在同一個緯度上，冬天寒冷多雪，稱為「北國」（著名演歌《北國之春》即是指東北的岩手縣）。

　　東北被日本人稱為「心靈故鄉」。日本最早的繩文時代（舊石器時代）遺址，就位於東北地區的青森縣。幕府時代，這裏是會津藩的領地，作為德川幕府的親信，一直是舊幕府勢力中心，成為反明治新政府的主力。在最後一場會津戰爭後，會津藩敗北投降，明治維新經濟發展集中在關東和關西，東北地區就一直被忽略而滯後，直到現在都市化程度低於全國，有 25% 的東北人以農耕（生產水稻為主）及漁業等第一產業為生。日本東北人性格以溫馴保守、純樸忠厚著稱。中

廣闊的東北地區成為明治時期的農業發展基地

國東北是國內工業化最早地區，中國東北人性格以熱情火爆、豪爽強悍著稱，這和日本東北有很大區別。

明治維新，可以用 12 個字來總括：置產興業、富國強兵、文明開化。工業現代化當然是明治維新的火車頭，前文提及的軍艦島、三菱造船廠等，就是工業現代化的例子。東北地區沒有甚麼工業，自然就成了農業基地。明治二年開始實行廢藩置縣，版籍奉還，政府將所有土地收歸國有，除了將部份土地歸還給當時農民耕種外，亦將很多很遼闊而尚未開墾的土地送贈給財閥，開始了新的農業方式。日本第一個養殖奶牛的私人農場——小岩井農場，就是其中一個例子。明治三十四年由荷蘭引入奶牛後，至今繁殖到二千多隻。喝杯濃厚香醇的農場新鮮「低溫殺菌牛乳」，回味明治維新的味道！

明治時代由荷蘭引入的奶牛

小岩井農場——日本首家民營農場

在小岩井農場，你呼吸到的每一口空氣，都帶有牛奶的清香。農場成立於明治二十四年（1891 年），至今已有百多年歷史，草地隨處可見到黑白色的乳牛，整個農場總共有超過二千隻牛，農場成立之初，牛隻全是由荷蘭運來，現時則全部以人工授精方式本地生產。這農場的牛生活相當幸福，每天可以在面積達六百三十公頃的青草地上「放題」吃草，吃完草便會去擠牛奶，還有獸醫做身體檢查，確保牠們身體健康。

小岩井農場是日本第一個民營農場，「小岩井」到底是何方神聖？原來他並不是一個人，而是從三個人名字首組合而成：「小」就是小野二真，日本鐵道部的副部長；「岩」就是岩崎彌太郎，即前文提到的三菱集團創辦人；「井」就是井上勝，日本鐵道之父，亦是長州五傑之一，伊藤博文的師弟。當時井上勝負責建設日本的鐵道，他來到東北一帶時，發現東北鐵道建成，卻令這一帶的田園被毀，所以他有個願景：希望可以重現自然的風光。結果在明治二十四年，三人合力創辦了這個農場，鋪了大片綠油油的草地，並種植了許多許多樹木，變成如今這座空氣中充滿了負離子的人工森林。

小岩井農場——
日本首家民營農場

明治牛奶的民族感情

一提起牛奶，其實很傷民族感情。將中國特產的三聚氰胺奶粉、日本產的明治奶粉放在面前，最彪悍的五毛、最愛國的父母，也會毫不猶豫地將「打倒日本帝國主義」口號咕一聲生吞下去，前仆後繼地將日本奶粉搬回家鄉，用日貨來哺育下一代五毛仔。

其實，東亞人種九成以上都有「乳糖不耐症」，無法消化牛奶中的乳糖，喝了後會感覺腹脹、腹瀉，因為我們傳統上不喝牛奶。《聖經》上記載的「流奶與蜜之地」遠在中東。為甚麼今天日本人九成以上有乳糖不耐，但大多數人可以每天喝 200 毫升的牛奶而沒有任何不適？這就要多謝一百五十年前明治天皇的「一杯牛奶改變一個民族身高」遠見了。

「100% 純生乳」、「特濃」、「濃厚」，每次步入日本便利店，這些字已經足以令我的舌底分泌大量唾液。日本曾以「乳脂肪比例」、「口感濃郁度」及「甜度」，進行鮮奶大比拼，發現明治、雪印、森永這三大品牌都不及元祖：小岩井牛乳，特別是其天然甜度及喝完後的奶味餘韻！

觀光農場適合親子遊

小岩井農場總面積大約三千公頃，遊農場可以乘坐馬車，否則真是多多體力也不敷應用。農場還有一樣很著名的地方，就是總數 21 座，明治三十一年始建，跨越了大正年代，到昭和時期的古老建築，部份到現在仍在使用當中，作為倉庫等用途。

現在的小岩井農場已經發展成為觀光農場，除了本身的牧牛業務，遊客來到還可以欣賞剪羊毛表演，草地上還有很多親子遊樂設施，以

及騎馬體驗，農場每一個馬房上，都寫有馬匹的名字，而且全部都是「文次郎」、「騰姬」、「織姬」等片假名。當年日本本土的馬很矮小，明治二十一年才由歐洲入口歐洲馬，改良牠們的配種，並開始有了日本現代的騎兵。

觀光農場適合親子遊

明治年間的牛舍使用至今

新鮮自家製牛奶美食

　　逛完農場體驗過騎馬，肚子餓了就一定要去試試小岩井農場限定的特產——牛奶拉麵。牛奶拉麵除了湯底是牛奶，連麵條都用牛奶製成，麵身幼細、湯底香濃。另外一款是牛奶咖喱拉麵，甜甜的牛奶配上咖喱，層次豐富而惹味。吃過拉麵，別忘了來一客「新鮮出爐」的招牌牛奶味軟雪糕，牛隻擠奶後，牛奶立時以低溫消毒技術保持營養，再製成雪糕，整個製作過程完全沒有離開過小岩井農場，自產自銷，盡可以安心食用。

小岩井農場限定的特產——
牛奶拉麵

小岩井牛奶

農場的進食區座位都是在戶外，讓你可以一邊欣賞美景，一邊享受特色拉麵，到了秋天，更會被一整片紅色黃色的楓葉包圍，實在很難想像百年前，這裏是一片被火山灰覆蓋的一毛不拔之地。想到這裏，不得不佩服日本人對可持續發展的堅持，鋪過鐵道後，又鋪上一大片很美的草地，令百年後的我們，可以享受今天如斯悠閒的生活。

弘前蘋果公園──親手採摘蘋果

北緯 40 度，日本本州最北部的地方，就是青森縣。提起青森縣就會想起蘋果縣──青森蘋果，和明治維新也是有莫大關係。明治維新時，人們發現這個地方地理環境有其特別之處，處於北緯 40 度，冬長夏短，日夜溫差大，與美加東部地區一樣，很適合種植一種水果──蘋果。

弘前蘋果公園內種有超過一千五百棵蘋果樹，總共有 80 個品種，大多數在明治時期，由美國、西歐以及俄羅斯引入，以及日本自行培植的新品種，每年 8 月至 11 月便是蘋果的收成季節，這段時間到訪，還可以親手採摘蘋果「つがる」（津輕）。

村姑去摘蘋果

原來種植蘋果殊不容易，據果農介紹，蘋果成熟前要先把葉子摘走，因為蘋果需要陽光照射，把樹葉摘走可以令蘋果得到更多光照，變成紅色後會更美更甜。但摘葉時不能摘太多，一個蘋果大概要留下五片樹葉，負責供應營養，如果把樹葉全都摘走，蘋果就得不到足夠營養，所以一邊摘還要同時留意剩下多少樹葉，而且為了讓整顆蘋果紅得均勻，摘樹葉時還要注意哪些位置會被蓋住，哪些位置會有枯枝，真是少一點技巧也不行呢。

柳玉是明治時期七大品種之一，由美國引入。

蘋果料理清新美味

　　公園的門口每天都會貼出告示，説明這段時間有甚麼蘋果可以收成，摘蘋果同樣需要技巧，大家千萬不要見到蘋果就用蠻力摘下來，而是要沿着莖部，輕輕向左或向右扭轉幾下，蘋果就會掉下來。這裏的蘋果都沒有農藥，摘下就可以即食，鮮甜多汁，不禁要感謝明治時期引入蘋果。

　　遊客萬一來得不合時宜，蘋果沒有熟成，也不用傷心，可以到用

餐區品嚐蘋果料理，料理全部加入蘋果元素，簡單如一客咖喱豬扒飯，把豬扒切開了會看到中間釀了蘋果，每吃一口都有蘋果香；加了牛油和桂皮的甜品蘋果撻，配上燒製過的蘋果，香氣撲鼻；還有蘋果籃形狀的蘋果批，光看賣相已經令人食指大動，裏面有滿滿的蘋果餡，大滿足！

豐富的蘋果料理

舊東奧義塾外人教師館
——洋人教師宿舍

　　弘前市位於日本青森縣西部，這裏保留着三十多棟明治維新時期的建築，包括舊東奧義塾外人教師館，前身是日本的外國教師宿舍，現時已經變成博物館，開放給遊客參觀。

舊東奧義塾外人教師館

　　日本自古以來受中國文化影響，學習以四書五經為主，所說的不是教育而是教化，但到了明治維新，一下子出現了很大的變化，一夜之間，他們的「老師」由孔子、孟子、鑑真等人，突然間變成牛頓、愛迪生、瓦特這些洋人。所以日本明治維新成功的原因，不在於富國強兵、置產興業這麼膚淺，最重要的是文明開化，即是現在所說的教育。

　　明治五年政府頒佈了新學制，效法西方推行普及教育，翌年便聘請了一位美國人 Mr. Ing 來到這裏教英文，為了招待老師及他的家人，當然要預備一間五星級的家，宿舍盡量呈現他們在美國的居住環境，因此空間很大，裝潢也很雅致，房間內還裝飾着他們的家庭照。

了解外國教師明治生活

　　當時從美國到日本，要跨越一整個太平洋，不似現在坐飛機那樣方便，而是要花上幾個月時間乘坐郵輪，所以不少老師都會帶着家人一同漂洋過海。教師館大部份是木造建築，很容易失火，明治三十二年就曾發生過一場火災，很不幸地，其中一位老師 Mr. Alexandar 的太太於大火時被燒死，至今教師館內仍保存着 Mrs. Alexandar 結婚時的禮服，作為紀念。教師館還附設有咖啡室，來到這裏，不妨來一杯咖啡，配上青森名產蘋果批，享受一段悠閒的時光。

教師館還附設有咖啡室

　　教師館建成於 1900 年，美國老師們來到日本，學習穿和服，研習日本茶道，同時教授西方文化，這裏享受着比美國還要舒適豪華的生

活，跟日本人融洽相處；在中國，卻發生着一件完全相反的大事——
義和團事件。義和團完全是衝着洋人而來，一共殺了二百多個洋人，
其中包括 53 個嬰兒，想到這裏，不禁慨嘆中國人與日本人對於洋人的
兩極態度。

守時大國是怎麼練成的

　　人約黃昏後，月上柳梢頭。日落之後到月亮出來前，你到底何時
來？這漫長等待是浪漫還是折磨？三更燈火五更雞，正是男兒讀書時。
自古以來，時間這玩意，在中國人眼中，是以兩小時為單位，一晝夜
分為十二個時辰，用十二地支表示。「兄台，子時見！」你可以 11 時
到，亦可以 1 時到，都謂之為「準時」。

　　將小時分割為 60 分鐘、將分鐘再分割為 60 秒，始於 16 世紀西方
的機械鐘錶。明朝萬曆年間「西僧利瑪竇有自鳴鐘，中設機關，每遇
一時輒鳴」。傳教士利瑪竇將自鳴鐘帶入北京紫禁城，由此四百年自
鳴鐘只是明清皇帝的宮廷玩意，民間仍舊以「一炷香」來計算時辰。

　　我們已經習慣了飛機誤點、地鐵延誤，但亞洲最準時的國家肯定
是日本，JR 會因為火車提前了 20 秒開出，在網站發聲明公開致歉。
其實，日本人並非自古以來，就是一個準時民族。根據文獻記錄，荷
蘭人曾經抱怨江戶時代的日本人「又懶又不守時」。為了探討日本人
怎樣由一個時辰不分的民族，變成一個守時大國，拍攝隊專門到訪於
明治三十年開業的一戶時計店。

一戶時計店——古董鐘雲集

　　弘前市一戶時計店，單看木樓外表已經古色古香，走進去彷彿時光倒流，充滿明治的味道。時計店的鎮店之寶是一個上鏈時計，運作原理是靠下方的一個擺陀，上滿鏈後，擺陀左右擺動，靠擺陀的重量令時針走動。社長更親自示範傳統上鏈方法：打開鐘面，插入一把特製的「鑰匙」，轉動手柄。這個時計大約三日要上一次鏈，所以稱做「三日鏈」，算是比較原始的鐘，現在新式的鐘可以去到 15 日、30 日鏈，30 鏈的當然比較昂貴，上一次鏈後一個月都不用再上了。

　　現任社長是三代目，即是第三代傳人。在日本，第三代是最危險的，第一代創業，往往比較認真；第二代守業；第三代則會開始衰落，

弘前市一戶時計店

現任社長是三代目

但看來社長倒不用太擔心這個問題，店內有很多很特別的鐘，全部都是客人拿來維修的古老時鐘，很有歷史價值，相信夠社長忙上好一段時間了。

青森銀行紀念館——文藝復興風格建築

　　青森銀行紀念館，曾經是青森銀行，又叫「第五十九銀行」，這個「五十九」到底蘊藏着甚麼密碼呢？原來明治維新時開放金融市場，最嚴重的問題就是沒有錢，怎麼辦呢？當時想到了一個辦法：印銀紙。結果，政府一次過批出 153 個銀行牌照，基本上人人都可以取得經營

青森銀行紀念館——文藝復興風格建築

牌照。一次過發出如此多的牌照，大家想不出那麼多名字，乾脆全部以編號來命名，日本人稱這些為「Number 銀行」，而青森銀行因為取得第 59 號牌照，便取名「第五十九銀行」。

第五十九銀行充滿西洋風，屬文藝復興風格，建築兩邊對稱，外表以柱子作裝飾，窗戶則保留和風設計，又是一個和洋折衷的代表作，文藝復興風格的建築在歐洲很常見，但在日本則很少見，這個紀念館可說是相當珍貴的歷史文物。

保育文物整座建築搬遷

這座明治十二年（1879 年）的建築，後來政府部門要重新規劃這座城市時，曾經考慮拆掉這座建築，但在市民要求保育下，明治三十七年（1904 年）移至親方町，當局最後決定將整棟建築搬遷，他們在後面一條街道上，將整棟銀行平行移動了 90 米，又轉了 90 度角，重新安置在現時這個地點。

今天這裏已變成日本銀行歷史博物館。踏入博物館，先會看到各式各樣的古錢，有一張大大的五日圓，相當於當時銀行業員工一個月的薪金；然後還有「藩札」，以書法手寫，看起來很像一道符咒，是當時藩國自己發行的貨幣；旁邊還有傳說中的軍票，以及 2,000 日圓的紀念鈔票。

值得留意的是，舊鈔票上所印的全部都是天皇、聖德太子的頭像，到了近代則棄用領袖人物，改用對社會有貢獻的偉人作為鈔票頭像，例如幫日本起草憲法的伊藤博文、大翻譯家福澤諭吉，以及大文學家夏目漱石等，證明日本開始改變，不再走軍國主義，不再將天皇放於首位，開始走人文的路線。

明治十四年的一圓鈔票，日本神話中的神功皇后被畫得像西方人。

天主教弘前教會——見證天主教歷史

前文介紹過長崎的大浦天主堂，分享過天主教來日本傳教的歷史，現在一路向北，來到青森縣弘前市的天主教弘前教會。這間天主教堂同樣見證了很重要的歷史。

天主教跟其他西洋事物不同，並非先傳入中國才傳到日本，而是由西方直接傳入日本。以地理位置來説，中國比較接近歐洲，所以第一批傳教士，即耶穌會的教士，明朝時先抵達中國傳教，這位傳教士就是著名的聖芳濟，當年他嘗試在廣州登陸，但明朝政府禁止他來傳教，聖芳濟唯有繼續往前走，最後在九州的鹿兒島登陸。

所以，現在日本大部份天主教徒都住在九州，尤其在長崎，是日本基督教徒比例最高的城市。不過，相比全世界或者香港來説，日本基督教徒的比例真不算高，現時全日本有約四十四萬八千名基督教徒，但香港這片彈丸之地已有三十九萬名基督教徒。

天主教弘前教會

幕府時期行禁教令

　　天主教在日本的傳播過程很坎坷，天主教傳到日本後遇上了豐臣
秀吉，他下了一道禁令，要追殺天主教徒，不准許市民信天主教，不
然就要斬首。天主教徒為隱瞞身份，於是將天主和瑪利亞的肖像雕刻
成觀音的外貌，瞞過當時的幕府，以為他們在拜佛教。

　　到了明治時期，政府稍微開放，容許基督教或天主教傳教。日本
基督教和天主教最初都是用 Catholic 的片假名音譯，稱呼作「カトリ

ック」教會，後來之所以稱為「天主教」，則跟另一個人有關，這個人出身比聖芳濟遲，就是利瑪竇。利瑪竇是泰西學士，學識很豐富，當時他可以選擇將 Catholic 音譯成「カトリック」，或者意譯成為天主教，結果他採用了意譯的方法，於是今天大部份日本人都用了利瑪竇的翻譯，使用「天主教會」。我個人覺得，用「天主教」這個名字，更容易明白，更容易記住。

和風元素融入裝飾

天主教弘前教會於明治十三年時建成，看上去比歐洲甚至香港部份的教堂都小得多，風格簡約，教堂尖頂仍然保留着哥德式建築，外牆玻璃則是 1984 年由一位加拿大神父捐贈。

走進裏面，第一眼就會望到聖壇，這個聖壇已經有八十年歷史，是整個由荷蘭運過來，細看兩旁的玻璃窗，當中加入了不少日本的元素，例如富士山、青森蘋果和三味線。有趣的是，一面玻璃上還畫着一個貌似佛祖在打坐的圖案，第一眼看到時確實會嚇一跳，為甚麼教堂內會見到佛祖？其實，這並非佛祖，只是一個正在打坐的人像，表現人體，心中存聖三一（Trinity）的精神而已。

教堂玻璃窗現佛祖

明治美食

牛奶

　　明治維新全面西化，身為天皇，明治天皇更需要以身作則，帶頭學英文、穿西裝、吃牛肉、喝牛奶，當中喝牛奶可真是辛苦了天皇，因為明治天皇跟大部份東亞人一樣，有乳糖不耐症，據史書記載，明治天皇每天喝兩杯牛奶，喝完之後即需要如廁。為甚麼如此辛苦仍然要喝牛奶呢？明治天皇曾說過一句說話：一杯牛奶改變一個國家的命運。

　　當時的日本人被別人稱呼為「小日本」，因為他們的身材矮小，不及美國人、歐洲人般高大，然後日本人研究發現，原來歐洲人因為喝得多牛奶，所以長得高大，於是明治天皇下了一道命令：要求全國小學生開始要喝牛奶。由他自己帶頭，每天喝兩杯牛奶，這麼辛苦，完全是為了改變這個國家人民的身高。

明治生活

守時

　　今天，日本人以守時聞名世界，成為一個守時大國。這習慣怎樣養成的呢？原來一百五十年前的江戶時代，外國人初來長崎做生意，發現這個民族又懶又不守時，直到明治維新全面西化，日本人眼見西方人分秒必爭，於是明治天皇下令，日本民族要成為一個守時的民族。

　　後來，日本在 1920 年成立了時間紀念日，將每一年的 6 月 10 日定為全國時間紀念日，那天正午，全國的鐘或氣笛會同時在 12 時正響起，方便民眾對時，並提醒日本人，要做一個守時的民族。

和製漢語

風邪

　　來到日本的藥房，我們常會看到「風邪」二字，有人或會以為「風邪」是日本的和製漢語，因為中國人一向稱為「感冒」。但其實剛好相反，「風邪」二字其實是來自中醫。

　　「風」者，百病之始；「邪」者，有邪風進入身體，所以就會生病。中醫一向稱感冒為風邪，那怎麼會出現「感冒」一詞？原來清朝時候，清廷的官員經常請假，請假叫做「感冒假」。由於風邪是一種很常見的病，久而久之就用了「感冒」兩個字形容風邪。反而，在日本仍舊保留着中醫最古老的「風邪」二字。

明治人物

陸奧宗光

　　陸奧宗光的扮相是山羊鬍子打領帶，他亦是一位傑出的人才，曾經在農產部工作，亦負責跟英國簽署《日英通商條約》。之後以四十多歲年輕之齡，就與英國以和平談判方式，讓英國廢除幕府時代所加諸日本的種種不平等條約。甲午戰爭中，力主向中國開戰，中國戰敗後，他也作為日本代表與李鴻章談判，態度也非常激烈。

　　他是一位外交官，他美麗的妻子則是外交之花，曾經在鹿鳴館裏，他的妻子負責跟其他外交官的妻子跳舞，來一場跳舞外交。

【漫遊明治維新地圖──東北】

1. 小岩井農場

地址：岩手縣岩手郡雫石町丸谷地 36-1

門票：成人（中學生以上）800 円；小孩（5 歲至小學六年級）
　　　300 円

官方網站：https://www.koiwai.co.jp/makiba/

2. 舊東奧義塾外人教師館

地址：弘前市大字下白銀町 2-1（追手門広場內）

門票：免費

時間：9:00-18:00

交通：JR 弘前駅搭循環巴士（循環バス）15 分鐘到「市役
　　　所前」下車徒步 1 分鐘

網址：http://www.city.hirosaki.aomori.jp/gaiyou/
　　　shisetsu/2015-0223-1019-41.html

3. 弘前蘋果公園

地址：青森縣弘前市大字清水富田字寺澤 125 番地

營業時間：9:00-17:00

休息日：無

費用：免費（蘋果採收體驗需付費 1kg 約 200 日圓）

WiFi：有

網址：http://kimori-cidre.com/index.html

參考網站：https://www.tcn-aomori.com/activities-003.html

4. 一戶時計店

地址：弘前市區最繁華的街道土手町的中心區

參考網站：https://www.hirosaki-kanko.or.jp/tcn/edit.
　　　　　html?id=edit03

5. 青森銀行記念館

地址：26 Motonagamachi, Hirosaki, Aomori 036-8198 日本

參觀時間：9:30-16:30

休館日：星期二

入館費用：高校生以上 200 円；小中學生 100 円

網站：http://aoginkinenkan59.ec-net.jp/contents/select-
　　　language.html

6. 天主教弘前教會

地址：20 Hyakkokumachi Koji, Hirosaki, Aomori 036-8351
　　　日本〒 036-8351
　　　弘前市百石町小路 20

網址：http://www.sendai.catholic.jp/hirosakicatholicchurch.
　　　html

北海道 ——— Hokkaido

Tohoku

Chubu

Kanto

Chugoku

Kansai

Shikoku

Kyushu

從蝦夷之地到繁華鬧市

第八章

北海道

北海道誕生於明治二年。明治維新前的幕府時代，東京幕府控制只有三個主島：本州、九州、四國，北海道尚為蝦夷之地。明治元年，明治新政府宣佈設立箱館裁判所，將北海道納入新政府統治之內。明治二年，創建了開拓使，要改一個地名，叫甚麼好呢？當時的日本是採用五畿七道的劃分方法，七道裏已經有東海道、南海道、西海道，就差一個北海道，所以後來就用了「北海道」這個名字。

北海道誕生於明治二年

　　隨後，明治政府廢藩置縣，把其餘三個「道」取消，換成縣，就變成了現在一都、一道、兩府、四十三縣的架構。

　　北海道，一生人應該最少來四次：春天看櫻花、夏天參加肚臍祭、秋天賞楓，冬天泡溫泉逛雪祭。北海道的歷史很短，北海道人認為，自己好像沒有甚麼特色祭典，於是着手研究，發現富良野是位於北海

道的肚臍，是最遠離海邊的地方，到了夏天薰衣草盛開的時候，很多遊客會來富良野，於是北海道人就想到了肚臍祭。男生脫下衣服，在肚臍上畫上花紋，載歌載舞，熱鬧非凡。

日本自稱是單一民族的國家，但事實上，除了一億三千萬大和民族，日本還有一個人口很少的少數民族，他們直到十年前才被日本政府承認為原住民，他們正式的名稱是阿伊努人，有些人稱他們為蝦夷人。由 1192 年第一個鎌倉幕府開始，直到 1868 年明治維新前的末代幕府，日本將軍的正式名字都是「征夷大將軍」，所謂的「夷」是哪裏呢？就是北海道。

函館朝市——美食購物俱備

函館是北海道最早開埠的港口城市，有着獨特的異國風情，這裏的宣傳口號就是「戀上北海道，戀上函館」。

函館朝市，每天上午五時正便會開門，一直營業到下午一時，所以如果想吃好東西，便要趁早。這裏除了新鮮美味的海產，還有不少刺身飯類：三色丼、五色丼、六色丼，喜歡的話可以一直加下去。如果不想吃飯只想吃海鮮，也可以直接豪氣地買下一板一板的新鮮海膽，即場吃也行，拿去餐廳慢慢享受也行。

除了海鮮，這個朝市還可以買到不少乾貨，北海道瑤柱價格相宜，絕對是家庭主婦的不二之選；香港人最愛的日本水果，也可以在這裏買到，由於這裏鄰近夕張，當然少不了夕張蜜瓜，店主多會把蜜瓜切成一塊塊售賣，每塊 300 到 400 日圓，即二十多塊港幣，絕對超值。我的心水之選還包括白色玉米，一口咬下去，香甜多汁爽口，非常美味。

函館朝市

函館與本州遙遙相對

五稜郭──軍事要塞易守難攻

　　逛完朝市，可以深入函館，向歷史探討出發。首先來到五稜郭，政府唯一承認的北海道遺蹟。五稜郭的歷史相當有趣的：1868 年（明治元年），函館成立了亞洲第一個共和國，名字就叫「蝦夷共和國」，但這個蝦夷共和國非常短命，成立翌年 1869 年就已經亡國。

　　幕府末年，法國人獻計給蝦夷共和國，興建五稜郭這個星形要塞，提升防禦能力，然而幕府末期非常貧窮，所以五稜郭建造到一半的時

候，就已經停工了。江戶發生了一場很重要的戰役——上野戰役，幕府將軍逃亡，小部份幕府軍反對新的明治政府，就與明治政府開戰，打輸了便一直向北撤退，撤退到現時的會津繼續鬥爭，還是輸了，就退到易守難攻的五稜郭，打算盤踞於此繼續與明治政府周旋，最終當然還是打了敗仗，但是明治政府非常寬容，讓叛軍的首領榎本武揚做這裏的政府官員，因此函館人都為這件事而感到驕傲。如果你坐火車來到函館站，就會看到車站一句大字標題的名言：「昨天的敵人成為了今天的朋友」。所以說，這個世界上沒有永遠的敵人。

五稜郭是一個星形要塞

五稜郭公園——賞櫻好去處

在五稜郭公園，有很多不同的角度可以欣賞美景，內河上很多小情侶在划艇，十分浪漫，如果 4 月份到訪，正好碰上櫻花盛開，那就更錦上添花了。這裏的櫻花樹也十分有意義，當年一家叫《函館每日新聞》的傳媒，為了紀念發行一萬份，特別在五稜郭公園種植了數千棵櫻花樹，從高空看下去，整顆星星都是粉紅色的。

函館以前稱作「箱館」，名字的來源相當有趣：室町幕府時期，某豪族在這裏建造了一座型格房子，外觀呈方形，像個盒子一樣，這種設計在五百多年前是非常前衛的構想，所以得到了這個地名「箱館」（Hakodate）。明治二年，政府一下子改了很多地方的名稱，例如江戶改作東京，大坂叫作大阪，箱館就改成了函館，但日文發音不變，仍叫作 Hakodate。

元町公園——洋風建築集中地

位於函館山腰的元町公園，坐落着許多漂亮的建築物，還可以遠眺美麗的海港，景觀真是一流。1858 年，即明治維新前十年，幕府政府一次過開放了五個港口給外國人，允許他們建房子並經商，是否覺得似曾相識？沒錯，這是從跟香港有關的《南京條約》那裏學來的，1842 年，英國人成功打開了五個中國港口，包括廣州、廈門、福州、寧波和上海，美國人看在眼裏隨即抄襲，隔了十多年就在日本打開了五個港口。

元町公園，坐落着許多洋式建築物。

　　函館港是「開港五港」之一，因此也有許多洋風建築，其後當地政府把保存完好的洋式建築集合在一起，搬到了這個元町公園。這裏最搶眼要數舊函館區公會堂，即社區會堂，曾經在明治四十年遭遇過一場火災，明治四十二年的時候，一個富商捐出了五萬日圓重建這座建築物。當時五萬日圓已經足夠成立半間銀行了，所以這個建築風格也帶點土豪味，金碧輝煌。

　　這座前社區會堂屬文藝復興風格建築，左右對稱，有很多羅馬和希臘式的柱子作裝飾，同時也帶點俄羅斯風格，金色的建築加淺藍色的面板，如果大家有去過聖彼得堡或莫斯科，就會看到這種風格的建築，因為函館離俄羅斯很近，過了這個海峽便是海參崴，因此多少受到影響。

培里將軍像

　　公園內還豎立着培里像，正是當年黑船來訪的船長。1853 年 7 月 8 日，培里第一次來到日本，敲響幕府的大門，並說一年後會重臨日本，希望到時幕府政府能打開大門，讓美國人來此經商。結果不到一年，培里又再次來到日本，幕府無計可施下，一次過開放了五個港口，函館就是其中一個。日本人也因此很喜歡培里，簡直視他為偶像，所以日本許多地方都有這位培里船長的影子。

　　培里來到日本，船隻在函館港停泊，他送了一個驚喜給這裏的居民——表演了一首西洋音樂。這是日本人第一次聽到西洋音樂，雖然聽不懂他在演奏甚麼，但這次事件記錄在縣誌裏，流傳至今。

　　銅像還有另一個特色：衣服上那排鈕扣，左右並不對稱，這背後還有一

公園內豎立着培里將軍像

個感人的故事：明治維新時代，思想啟蒙家吉田松陰知道黑船來訪，連夜游泳登船，請求培里帶他一起去美國，讓他學習新事物，可惜由於船長正與幕府商議開放港口，擔心節外生枝，便拒絕了這位好學青年的請求，但他把身上鈕扣摘了下來送給吉田松陰。吉田松陰一直把這顆鈕扣珍藏到臨終前，才送給了自己的妹妹。

小樽貴賓館——鯡魚大王的宮殿

離開函館，北上來到著名觀光城市小樽。百多年前，這裏曾經有過一個短暫輝煌的鯡魚業黃金期。明治四十三年（1910年），人們發現北海道的水域有很豐富的鯡魚，到了大正時期產量更登上最高峰，每年的捕魚量可達一百噸，漁民還特別為了這些鯡魚建造了神社——鯡魚御殿（にしん御殿）。

可惜，1953年開始，因為海水水溫上升，加上過度捕撈，魚獲量急跌，年產量只剩下4,000噸，短暫的繁華過後，今天只剩下鯡魚御殿和鯡魚大王的宮殿，也就是小樽貴賓館。

整個貴賓館，簡而言之就是和洋風豪宅，屋頂鋪上鬼瓦^{（註1）}，還有惠比壽（日本的財神）裝飾，這種和洋式建築風格在關西或東北地區十分常見，但北海道則是罕見的。為甚麼小樽會有這一棟豪宅呢？就是因為鯡魚大王的傳奇故事。

小樽貴賓館

小樽貴賓館內的豪華
天花藻井

北海道鯡魚大王

　　北海道以前叫做蝦夷地，地廣人少，當時政府為了吸引人們移民到來，就在東北地區招募農民來北海道開荒，其中一個年輕人叫做青山留吉，原本是山形縣秋田人，響應政府的號召，隻身去北海道打天下。他第一份工作就是去捉鯡魚，當時正是鯡魚業上升的時候，青山

留吉由一名「打工仔」，慢慢發展到自己開漁場，高峰期一共擁有 15 家漁場，超過 134 隻漁船和 300 個漁夫在他手下工作，成為名噪一時的鰊魚大王。

這棟和風豪宅就是青山留吉的兒子青山政吉建造，這個富二代兒子生活優渥，於是幫父親把錢花一花，建造了一時佳話的青山別墅。然而「青出於藍勝於藍」，第三代，也就是青山留吉的孫女，年僅 17 歲的青山政惠更會花錢，她在父親的別墅旁邊，蓋起了一座更宏偉堂皇的小樽貴賓廳。

這個 17 歲的女生哪來這種念頭呢？就是一次她回家鄉山形縣，看到第一大地主的家，相當漂亮豪華，便下決心要建一座過之而無不及的別墅，據說當時花了 30 萬日圓建造，還特意建造在父親的別墅旁，展示自己的貴賓廳比父親更奢華。那個年代，在新宿建一座百貨公司也不過需要約 50 萬日圓，大家可以想像這位小女生是多麼豪氣，多麼揮霍。

青山留吉漁師之家，後來因保育而搬至札幌。

和風洋風中式三種風格俱備

貴賓廳造價如此高昂，到底有多豪華呢？首先，房屋使用的玻璃並不是普通玻璃，如果你仔細看，會見到表面有點凹凸不平，因為這些全都是手工造玻璃。當年日本大部份門窗都是用和紙製造，能用上玻璃，可以隨時欣賞窗外風景，證明絕對是有錢人。

貴賓廳內還設有一座很大的神壇，這在典型日式房屋中常見的，日本民間通常是神佛一起拜，神壇上供奉着神道教的天照大神，下面的則是佛壇，供奉着佛教的釋迦牟尼。

從房間的擺設，還可以看得出這家人很喜歡中國風，以八仙過海為主題，或許因為那時是大正年代，日本人對中國人還有一點仰慕，認為中華文明是很高尚的，所以會放置一些中式傢具。但另一方面，那個年代的人也開始崇尚西洋文化，所以這裏還有一個洋室別廳，所有傢具都是外國「來路貨」，波斯地毯、法國傢具、英國時鐘……和洋中式風格俱備，也足見這家人富有到甚麼地步了。

手宮線鐵路──北海道第一條鐵路

1880 年，明治十三年，北海道建好了第一條鐵路手宮線，也是全日本第三條鐵路。這條鐵路由小樽通到札幌，可是從來都只是用於運貨，沒有載客列車通過。

鐵路的歷史基本上就是日本工業的歷史，工業革命最重要的符號就是火車，火車開到哪裏，哪裏就有工廠，就有工業，日本如是，英國如是。當時火車由東京慢慢開展到北海道，代表北海道開始興起了自己的工業，數十年後，鐵路廢置，也代表了這個地方的工業開始衰退。

不過，雖然這條鐵路現在已經廢置，卻變成了遊客必到的「打卡熱點」，從另一個角度來看，是幫助了這裏的旅遊業，同樣振興了經濟。

手宮線鐵路

小樽港——日本首個主動開放港口

「お元気ですか，私は 元気です」（「你好嗎？我很好！」）

説起小樽，許多人第一時間就會想起電影《情書》，1995 年，日本導演岩井俊二把「小樽」這兩個字和「浪漫」畫上了等號。這個浪漫城市誕生於明治二年，但第二次世界大戰後，已成為一個經濟嚴重衰退的港口。

因為岩井俊二，浪漫與小樽已畫上等號。

　　小樽的地名源自於阿伊努語的「侵蝕沙灘的河川／沙灘上有痕跡的河川」（オタ・ル・ナイ）或「沙岸中的河川」（オタ・オロ・ナイ），其發音與日語的「小樽內」相同。小樽之名也是由此而來，至今已有一百四十年的歷史。小樽開港，和前文介紹過的長崎、神戶、橫濱、函館四個港口並不相同，那些地方是外國人用槍指着日本政府，被迫開埠，小樽則是日本明治政府主動打開的一個窗口，也意味着日本的對外貿易由被動變為主動。

　　明治二十二年（1889 年），小樽更被指定為特別的輸出港，這個面向着日本海的港口，逐漸取代了當時面向着本州的函館，成為了北

海道第一大出口港。再看中國,小樽開埠六年之後,重慶、沙市、蘇州、杭州這些城市相繼對外開放,不過清廷仍然是被人拿槍指着,被迫開放門戶做生意,從這裏,我們可以看到兩個國家的國運,已分道揚鑣。

小樽運河——居民抗爭的浪漫

　　走在小樽運河旁,你或許會覺得這條運河比香港的城門河還窄,當年是怎麼經營貨運呢?原來旁邊的車路,曾經也是運河的一部份,這條行車路見證了小樽工業的興旺及衰落,當年漁業、石炭業還興旺的時候,這條運河大派用場,旁邊還建起了 88 個倉庫以運載及儲存貨物。但戰後,由於日本失去了樺太島(即現在的庫頁島),加上鯡魚捕獲量大大減少,倉庫和運河的功能大為減少,失去了昔日的輝煌。

小樽運河夜景

政府計劃把運河填土，改造成一條馬路，但遭到居民大力反對，要求保留這條運河，最後雙方達成協議，運河保留一半，另一半改作車路。

　　這次居民運動不但保留了運河，更讓小樽的觀光事業興旺起來。日本人這麼早就懂得運用自己的公民權，全賴明治天皇在明治元年發佈了一條最重要的聖旨，叫做《五條御誓文》。

　　所謂《五條御誓文》，即用五條指示，教育人民未來會有一個新的維新政府，第一條也是最重要的，就是「廣興會議，萬事決於公論」，即所有國家大事要由人民來決定，不是政府作主，也不是天皇作主。

小樽哨子館──精品玻璃製作

　　小樽有一整條街道都是售賣玻璃的哨子館，玻璃已經成為來這裏必買手信之一，但原來這裏的玻璃最初不是用來製造精品飾品。明治年間，當地人用玻璃做「浮玉」，即捉魚用的浮標以及油燈，戰後由於捕魚業的不景氣，以及塑膠的出現，玻璃製造業到了 80 年代，變成夕陽工業。一家玻璃工廠抱着浴火重生的心態，心想不如乾脆把玻璃觀光化，製作細小精美的玻璃器皿賣給遊客，並提供玻璃製造體驗，結果真的成功了。想想這些玻璃師傅也不簡單，本來他們做的浮標、漁具，不需要太過精細，手工粗糙點也無妨，如今為了重振行業，也要自我增值，學習做一些細緻的精品。

　　除了哨子館，小樽還有另一樣多──銀行。小樽市色內通，曾經有「北方華爾街」之稱，銀行比米店還要多。明治維新時期開拓北海道，小樽成為了貿易的第一大港，人口更曾經超越札幌。雖然戰後北海道的經濟中心移回到札幌，小樽慢慢被人忘記，但政府和市民齊心保育各種具歷史價值的建築物，成為了觀光業重要的支柱，值得我們學習。

小樽哨子館

玻璃製作體驗

余市——日本威士忌故鄉

他山之石，可以攻玉，日本人自唐朝時開始引入了中國文明，隨後在明治維新時開始全面西化，不過，日本人的表現往往青出於藍勝於藍，在日本，「國產」二字代表品質的保證，「有麝自然香」這句話，用來形容日本引以為傲的產品，絕不為過。

余市，愛喝威士忌的人幾乎都知道這個地方，這裏是北海道一個栽種果樹的小鎮，位於北緯 43 度，氣候和土質跟威士忌原產地蘇格蘭的高地很相似，日本威士忌之父竹鶴政孝，就在這裏建立了 Nikka 威士忌廠，開創了日本百年威士忌傳奇。廠內的蒸汽爐，用傳統蘇格蘭的煤炭直火，全世界如今只剩下這一套，由 1936 年用到今天。蒸餾器上還有一圈圈用稻草繩綁着的東西，正是傳統清酒酒埕用來祈福的方式。酒廠其中一個儲藏庫開放給遊客欣賞，漫步其中，空氣中都充滿了酒香，真是酒不醉人人自醉。

余市——日本威士忌故鄉

全世界如今只剩下這一套煤炭直火蒸汽爐

威士忌之父

　　酒廠的老闆娘是一位蘇格蘭美女，名叫 Rita，她是怎樣跟北海道的余市這個偏遠的小鎮結下姻緣？當年 23 歲的竹鶴政孝來自廣島傳統的清酒家族，漂洋過海去蘇格蘭學藝，希望學到最典型最完整的釀造技術，並帶回日本，當時他走遍所有酒吧，品嚐不同的威士忌，結果竹鶴政孝不但帶回了釀酒技術，還娶得美人歸。

　　竹鶴家本身在廣島經營釀清酒事業，是傳統的日本家族，突然增加了一位洋人媳婦，既不懂使用筷子又不懂穿和服，走路時更沒有日本女人高雅的小碎步，竹鶴政孝的媽媽因此對這個媳婦相當不滿，最後竹鶴政孝帶着老婆搬離了家園。

威士忌之父竹鶴政孝

吐氣揚眉榮獲世界一

竹鶴政孝第一間打工的 Suntory，是日本第一間威士忌工廠，但志不同不與同謀，自立門戶後他來到了北海道，發覺這裏的氣候跟蘇格蘭很相似，便開設了自己的威士忌牌子，叫做 Nikka。創業首五年，所釀製的威士忌還沒熟成，兩人生活無以為計，便開始賣果汁，所以這家廠的名字一度是「大日本果汁」。經過了五年售賣蘋果汁的生涯，酒廠終於出產了第一枝威士忌，簡直可以說是兩人的愛情結晶品。

這位日本威士忌之父於 1979 年去世，那時他的威士忌還未得獎，又過了二十二年，他的威士忌終於闖出名堂，榮獲 Whisky Magazine 的 The Best Of Best，全世界所有威士忌當中的第一位。至於竹鶴政孝的舊老闆 Suntory 得了第幾位？只是第二位，這下真正吐氣揚眉了。可惜的是竹鶴政孝已去世多年，沒能親眼看到這個成績，實在有點遺憾。

札幌——開拓殖民北海道

明治政府當年開拓殖民北海道，以壓倒性優勢迅速同化了這個面積為九州一倍的新領土，為何要拓殖北海道呢？這跟清末民初的「闖關東」有相似之處。北海道和關東地區，都是地廣人少，幾千年來日本人沒有佔領北海道，因為這裏氣候實在太寒冷；在清國，滿洲人龍興之地同樣是處女地。直到一隻大灰熊——俄羅斯的出現，當時俄羅斯殖民西伯利亞後，勢力範圍擴及日本海，相當靠近日本北海道和中國東北地區，為了防止這隻大灰熊侵入，清政府採取了新政策叫做「移民實邊」，打開邊境讓漢人進入東北地區，明治政府也採用同樣政策，一次過開放讓 300 萬日本人由日本各地進入北海道，殖民於此，抵抗大灰熊。

札幌（Sapporo），蝦夷話是「乾涸的大河」的意思，但今天我們看到的，是一片繁華的景象，就是因為日本明治政府一百五十年來的大力開發，就像北海道大學前校長 Mr. Clark 所說：Boys, be ambitious！

北海道開拓之村──了解北海道發展史

　　日本人在保育歷史方面，做得尤其出色。在北海道開拓之村，儼如一個巨大的戶外博物館，這裏集合了 52 棟來自明治、大正、昭和時期的歷史建築物。

　　北海道不像日本的本州、九州、四國般歷史悠久，一百五十年前明治維新之後才有日本人來這裏開拓。這片遼闊的大地，就像白紙一樣純淨而無一物，為這張白紙添上了富良野的紫色、旭川的銀色，以及札幌的綠色的人，就是黑田清隆。他出身自日本最南端鹿兒島的薩摩藩，代表明治政府追伐幕府殘軍，一直追到函館，打敗了叛軍，佔領了整個北海道。黑田清隆以 29 歲之齡當上了北海道的開拓使，把開拓使的總部由東京搬到札幌，就在開拓使札幌本廳訂下了「十年大計」，開拓北海道。

北海道開拓之村

日本唯一馬車鐵道

　　明治三十年，北海道的函館出現了第一條馬車鐵道，馬車鐵道對於開拓北海道有重大貢獻，當時主要是用來載貨，例如木材、石頭等，由於很多窄小的地方，鐵路沒法抵達，所以全靠馬車鐵道作運輸。如今，這條馬車鐵道已不再運貨，而是留下來作旅遊觀光用。

　　整個開拓之村分成了四個部份，分別是農村、山村、漁村及市町，開拓之村之大，絕不能靠雙腳遊覽，遊客不妨付出 250 日圓，乘坐全日本唯一的馬車鐵道，一起回到一百五十年前北海道，了解北海道的開拓歷史。

日本唯一馬車鐵道

國民教育活學歷史

開拓之村總面積有 54 公頃，內有 52 棟不同時期的歷史建築物，從北海道不同地方遷移到此，對於這些歷史建築物，政府致力保育，盡可能復原它的原貌，以前建築物只用木和石頭建造，現在則加上混凝土鞏固。

這裏還是個很好的戶外學習場所，有不少小學生會來在這裏做見學（學習體驗），例如派出所是怎樣營運的？農業生活又是怎樣？不同的農具有哪些用途？讓小學生知道在一百五十年前，前人怎樣開發

國民教育活學歷史

了這樣大的一塊土地，再發展成目前的樣子。讀歷史，不應該只是讀死書，看到這些真實的建築、展品，會更容易留下深刻的印象。

重保育整座建築拆件搬遷

上文介紹過小樽貴賓館和青山別墅，都是青山留吉這位鯡魚大王家族興建的豪華建築物，沒想到札幌也可以看到跟他有關的建築物。在開拓之村的漁村，有當年青山留吉所聘用的一班漁師（漁夫）的宿舍，山長水遠從小樽搬來札幌。小樽距離札幌 37 公里，要把這個漁夫

之家逐件拆開，編上數字，運到開拓之村再重新組合，單是一個漁夫之家已經要耗費如此功夫，整個開拓之村一共 52 棟舊式建築物，從北海道各地搬過來，所需要的時間和精力可想而知。

日本人怎樣可以做到整棟搬遷呢？這原來跟我們中國的建築風格有關，中國建築傳統是用入榫的方法，一顆釘子都不需要，這些入榫方法在唐朝的時候傳到日本，一千四百年前日本人已經學會了這種建築方法，至今不忘，仍然沿用這種方法把整棟建築拆件，再重新組合，真是不得不佩服日本人對保育的重視。

北海道大學——日本最大的大學

日本最大的大學：北海道大學，到底有多大呢？北海道大學面積是全日本之冠，是東京大學的兩倍，校園可以用一座森林來形容，溪水淙淙，每呼吸一口空氣都充滿負離子。這家大學這麼大，不止因為北海道地大，還因為它的建校校長有很開闊的視野。北海道大學前校長，美國人克拉克（Mr. Clark），來自麻省的農科學校，他剛到埗時，這裏還是札幌農科學校，後來才改名叫北海道大學，成為一間全科大學。

當時的美國人，很熱衷於在亞洲開拓美式教學，所以這所大學也建得很像美國的大學校園。北海道大學當時算是創新校園，全英語環境，英語授課，聘請了很多外國教師，連校園內的指示牌也全部都是英文，相當新潮。

環境優美的
北海道大學

校訓鼓勵學生要進取

　　校園內坐落着 Mr. Clark 的雕像，「Boys, be ambitious！」這句話就是克拉克校長當時騎着馬，很從容地向學生說的名言，最後更成為了北海道大學的校訓。Ambitious，體現了他進取的精神，不但在學術或是國際視野層面，連進食都要很進取，據說校長曾經給學生下了一個指示：不要吃太多飯，除了咖喱飯之外，平常還要吃麵包，學習洋人的用餐模式。

　　這位克拉克校長在北海道大學只逗留八個月，但對整個北海道的影響這麼深遠，我想連他的後人都沒想到，日本人尊敬他的程度，竟然到把他的肖像變成咖喱飯、草餅⋯⋯日本人相當崇敬這位美國教育學者，這跟中國人很不一樣，在現代化過程中，日本人認為西方人帶

了很多先進的科技和文明給他們，所以到現在仍然很尊敬他們。

　　因為 Mr. Clark 在北海道大學太受歡迎，他的銅像太多人前去拍照，所以政府還特別在可以俯瞰整個札幌市的羊之丘，豎立了一個 Mr. Clark 的全身銅像，他簡直就是北海道的聖誕老人，遊客可以花 100 日圓，買一張許願紙，寫下願望，等 Mr. Clark 幫大家願望成真。

Mr. Clark 雕像

古河講堂——明治時期建築物

　　北海道大學歷史悠久，當然有很多明治時期興建的建築物，現在保留下來的已經不多，其中一個就是古河講堂，是至今仍保存的四個明治時期建築物之一。建築風格完全是美式維多利亞風格，兩邊對稱的結構，外牆是木製面板。古河講堂由富商古河府資助建造，他是個財閥，從事銅礦、煤礦生意，他的工廠有一次發生意外，洩漏毒氣，為了回饋、補償社會，就捐款興建了這個古河講堂。

　　北海道大學最著名是自由的風氣，因為 Mr. Clark 教育的方針，自由比任何事都重要，所以他不會教授民族主義。相對明治初年的東京國立大學，主要教育 Nationalism，國家最重要！要愛國！愛天皇！最終演變了軍國主義。北海道大學崇尚自由主義，個人自由最重要、學術自由最重要，如果當時政府官員都是北海道大學的畢業生，可能就不會有軍國主義出現了。

古河講堂

札幌工廠──活化後的購物商場

當年北海道開拓使，為了吸引更多移民來這裏，特別在札幌建造了一家啤酒廠，希望出產本地啤酒，吸引大家來喝啤酒、上班甚至居留，因此這啤酒的名字也叫札幌。時移世易，這家啤酒廠如今經過活化，變成了購物商場札幌工廠（Sapporo Factory）。

工廠旁邊有一個紅磚建成的倉庫，煉瓦館。看到這些紅磚，有一種很親切的感覺，因為香港也有很多紅磚建築，日本橫濱、函館，都有紅磚倉庫，甚至北海道道廳，也是紅磚建成。紅磚和工業革命息息相關，工業革命成功前並沒有使用這種材料的建築物，當時的教堂是用石頭所建，很高很大的哥德式教堂；工業革命成功後，要用相宜的價錢建造工廠，用甚麼材料好呢？就想到了用紅磚。紅磚有甚麼好處呢？由於砌磚的方式是以交錯砌法逐層疊高，呈「「工」字形，所以具防震功能，一旦發生地震也不易倒塌。這種建築方式在明治維新的時候傳入日本，大量應用在日本的工廠、倉庫及政府建築上，由於全部都是紅磚砌成，所以全都叫做「煉瓦」。

札幌啤酒博物館──國營啤酒廠

北海道位於日本的北面，所以用了一顆代表北極星的星星做標誌。北海道四周的建築物、旗幟和啤酒上，都常看到這顆星星。當時開拓使決心要發展蝦夷之地，從外國聘請了 78 位技術專員，帶來了很多教育、農業、技術知識。到了 1876 年，這裏開了一家開拓使麥酒釀造所，就是現在的啤酒廠。既然用上了「開拓使」的名義，代表這家啤酒廠是國家營運的，所以也用上了這顆星星標誌，大家喝啤酒的時候，就會想起北海道的開拓歷史。

啤酒博物館內珍藏了很多舊宣傳海報，最早源自 1908 年，當時的
海報全部以女性做主角，完全沒有男性，這很容易理解，那個年代的
目標顧客市場都是男性，海報上畫上美女，自然能吸引男生的目光。
最初海報上的女性多身穿傳統和服，到了大約 1930 年左右，就出現了
重大改變，那個是屬於戰前歌舞昇平的 Great Gatsby 時代，當時歐洲
興起唯美主義，女性更性感，衣着也暴露，這在海報上展露無遺，可
見日本當時已經完全把西方文化融入在自己的生活當中。

札幌啤酒博物館

北海道到處都有
星星標誌

札幌啤酒博物館內珍藏了很多舊宣傳海報

頭大佛殿——體現日本美之所在

從幕末到明治初期，日本都一直在模仿西方建築，今天，她就向全世界展現了自己的現代建築風格，2016 年開幕的頭大佛殿，稱得上是明治維新以來日本送給世界東西文化結合的一個偉大作品。

「風雅，就是發現已經存在的美，然後去感受已經發現的美。」

頭大佛殿

這句話是川端康成在諾貝爾文學獎頒獎典禮上，發表著名的演講《我在美麗的日本》時如是說。二十六年後，另一文豪大江健三郎再奪諾貝爾文學獎，他以《我在曖昧的日本》為題演講，於是「風雅」與「曖昧」，成為了日本文學家對千年日式傳統美學的結語。

日本在不同時代，對於風雅都有不同的詮釋：奈良時期的美，是大唐長安式的大氣，隱約暗藏大秦（羅馬）的建築風格，例如鑑真法師的唐招提寺。平安時代興起大智若愚的禪宗之美，空海法師的書法、榮西禪師的茶道，莫不源於中土。崖山之後無中華，日本才開始真正意義的國風美學，就是獨懸東海的世界邊緣、經常籠罩在迷霧之間的東方小島，陰霾朦朧之中誕生的日本主義（Japonisme）——侘寂幽玄，當中的代表就是京都式的風雅，在於細微細眼、庭園深深、青苔綠綠、寧靜致遠、多愁善感，傳承着東方的一種美態。再然後，《源氏物語》開拓的物哀精神，到了一代宗師千利休[註2]，以那句「美，我說了算」達到巔峰。

安藤忠雄另一代表作

北海道的美，在於宏大、氣派，在頭大佛殿山丘上，四時有不同的顏色：夏季的時候，這裏會變成一片紫色的海洋；冬天漫天風雪時，這裏會是銀裝素裹。

頭大佛殿位於真駒內滝野靈園，是札幌最大的墓園，設計者是普立茲克獎得獎者安藤忠雄，他最擅長使用清水混凝土。混凝土一向是西方建材，安藤忠雄自創了一套處理方法：混凝土不經任何打磨、不鋪瓷磚、不上油漆，將物質的原料直接呈現於眼前。在不同的建築物，使用同一風格的物料，再配合光線，就成為了藝術品。清水混凝土，也成為了安藤忠雄的標誌。

紫色的海洋

為了體現札幌最大墓園的精神，安藤忠雄在這個 180 萬平方公里的靈園上，造出一座巨大山丘，並且種植了 15 萬棵薰衣草。夏紫飄香、冬雪銀裝、春櫻緋紅、秋楓繽紛，只是為了襯托這 1,500 噸的大佛。「雪月花時最懷友」，這七個字總結了日本美學。川端康成認為，日本乃至東方美學的精髓，就是這麼簡單：雪、月、花，隨着四時季節的變化。在這個靈園內，大佛與小山丘呈現出不同的色彩、氣氛，合奏出一首氣象萬千的樂章。

薰衣草原產於地中海沿岸，明治維新時由法國普羅旺斯引入到北海道富良野，培植成功。如果說明治維新帶來的最浪漫顏色，一定是紫色。每逢夏天，富良野就變成一片紫色汪洋，成為北海道最美麗的風景。普羅旺斯最美麗的薰衣草田全部由當地的天主教會種植，來到北海道的薰衣草園地，則配上由印度傳入的東方宗教，以及千利休日式美學風格，「侘寂」的禪意。

沒有屋頂的佛殿

春有百花秋有月，夏有涼風冬有雪，頭大佛殿的另一個特色，顛覆了人類的建築結構，沒有屋頂，大洞中開。人類從學懂建築開始，建築物最基本的作用，就是遮風擋雨，安藤忠雄卻反其道而行，這個佛殿屋頂無瓦遮頭，遇上雨雪天，雨水雪花就會直接落到殿內。對建築師安藤忠雄來講，建築物不是遮風擋雨，也不是遮擋光線，而是一種過濾光線的工具，必須配合當地的風、光、水、影，建築物要融入了當地的環境，成為大自然的一部份。

對於「光」，基督教和佛教的取態從不一樣。〈創世記〉中一開

始就説：Let there be light，於是二千年來，不論是羅馬式教堂、哥德式教堂、洛可可式教堂，都拚命和光線玩遊戲。《佛説阿彌陀經》則説：「青色青光。黃色黃光。赤色赤光。白色白光。」即使重現於敦煌壁畫「西方淨土變」，但從來不會用光線去改變石窟陰暗的環境。

沒有屋頂的佛殿

與自然融為一體的日式美學

安藤忠雄愛用天然的「光」來懾服教徒，如果大家去過水之教堂、光之教堂，就會發現並非由黃金、木材、畫布或大理石去表現耶穌的神性，而是你我看見就驚鴻一瞥，卻永遠摸不到的十字形光線！光線從十字架後面透出來，神聖可見而不可觸。安藤忠雄 1989 年完成基督教「光之教堂」後得到靈感，於 2016 年再度以「光」為主題，完成這個頭大佛殿。

因為「要有光」，安藤忠雄令雪、月、花遇上了佛祖。佛光從頂上透入，冬天的時候，北海道的豪雪直接撒下來，釋迦頭、肩上，都鋪了一層厚厚的白色粉雪；夏天的時候，15 萬株薰衣草海，又會以法國普羅旺斯的芬芳淹沒了佛祖；沒有雪、花兒不開的日子，一彎新月天如水，或是月圓花好春江夜，佛祖沐浴在一輪皓月之中。夜已深，遊客散去，佛祖可以安靜地行禪了。四時風光各有不同，來到日式美學的另一種境界：「雪月花時最懷友」，四季有四季的美態，日本人向來崇拜大自然，這座山就是一個建築，這個建築就是一座山，整個佛殿跟大自然已經融為一體。

發現美、感受美

進入佛殿，要先經過一個水池，再走一條大約 40 米長的隧道，登上幾步樓梯，整個佛像就呈現在眼前。這段路，可以說是一個很神聖和很莊嚴的儀式，就跟川端康成所說的日式美學完全吻合──「Discovery」（發現）和「Experience」（感受）。「美」一直都存在，但怎樣才能找到？就要你自己親身去發現、去感受。

就像通往佛像的路程，一步一景，第一步你只能見到佛下的蓮花

座，慢慢往前走，就會逐漸看到佛的身體、手，然後是佛的頭，最後，你會看到天空，這每一步，都是一個「發現」的過程。踏入隧道前，要先繞經一個水池，洗滌心靈，這就是「感受」的過程。以上，就是日式美學的體現。

歐洲自從中世紀開始政教合一，到了啟蒙時期，發現宗教始終是中世紀阻礙人類發展的主要原因，便摒棄教宗管理國家的做法，改由人民自己管理國家，最終走向工業化的成功。

明治維新全面西化，從政治軍事，到經濟文化，甚至農業產業，都向西方學習，唯一沒有西化的，就是宗教。明治政府成立初期，為了鞏固政權，甚至將神道教設為國教，要求全國人民視日皇為天皇，將天皇神格化，同時禁止其他宗教在日本傳教。

明治廢佛毀釋

佛教在飛鳥時代 552 年（欽明天皇十三年）傳至日本，由百濟聖明王始贈予釋迦佛的金銅像與經論，比中國晚了約五百年。在古代，任何宗教得以普及，都是因為得到統治者的垂青，佛教傳入日本後瞬即得到天皇的信奉，將日本原始宗教的神道與佛教結合，稱為「神佛習合」，這方面和中國的「儒釋道三教合一」十分類似。公元 754 年，鑑真到達日本後，受到孝謙天皇和聖武太上皇的隆重禮遇，鑑真於是在東大寺中起壇，為聖武、光明皇太后以及孝謙之下皇族和僧侶約五百人授戒。756 年，鑑真被封為「大僧都」，統領日本所有僧尼，在日本建立了正規的戒律制。

到了明治維新之前的江戶幕府時代，「寺請制度」使佛教勢力達到頂峰，江戶幕府規定全國人民每戶家庭都必須歸屬在某宗派的某寺院之下，也稱作「寺檀制度」，佛教成為國教，全國人民必須信仰佛教。

明治維新時，政府對佛教的態度有了 180 度轉變，明治元年頒佈了著名的《神佛分離令》，就是神和佛要分開不能一起拜，天皇是神，佛則獨立成佛。於是全國捲起「廢佛毀釋」風潮：在日本各地燒毀佛像、經卷、佛具，毀滅或合併寺廟，並迫僧尼還俗，單是一個薩摩藩，就有 1,600 間寺廟被燒毀，多達三千個僧人被迫還俗之餘，有些更被捉去充軍，使當時的佛教一落千丈。排佛運動的激烈程度，可與中國佛教史上的「三武滅佛」，以及近代十年動亂相提並論，成為日本佛教中人最不想回顧的一段黑暗歷史。

基督教的蜜月與衰落

至於西方的天主教，約 15 世紀傳入日本，剛開始時甚受歡迎，使幕府領導豐臣秀吉非常害怕，於是宣佈禁教，殺死天主教徒，並驅逐傳教士。其後明治政府對宗教的態度有所改變，解除了「禁教令」，在北海道，當時開拓使更找來美國人 Mr. Clark 出任農業學校校長（現北海道大學），Mr. Clark 認為，要培養年輕人的人格，必須要以《聖經》為依據，所以他特別向政府開出一個條件：需要同時聘請一些教徒老師，在學校傳教，所以當時學校的宗教氣氛甚是濃厚。

不過這個蜜月期並不長，明治二十三年，天皇頒佈了很重要的《教育敕令》，規定全日本學校的教室內都要掛上天皇的肖像，將天皇神格化，所有人民都要忠君。當時有一位叫內川鑑生的學校老師，他亦是 Mr. Clark 的學生，是一位很虔誠的基督徒，曾公然反對天皇這道命令這個做法，他認為學校裏不應掛天皇的肖像，因為基督教是一神教，要敬拜上帝並且不能拜其他偶像，所以基督教和神道教存在着根本的衝突。

蜜月期結束後，日本的基督教開始衰落，日本信奉天主教和基督

教的人口非常之少，連教會、教堂的規模也不及香港。北海道可說是
基督教人口比例較高的地區，札幌北一條教會，已經稱得上是比較有
規模的教堂了。

北海道神宮──祭祀開拓功臣

　　北海道神宮，對比日本其他神宮，歷史不算悠久，明治二年時，
明治天皇決定在東京舉行一個侍奉守護北海道開拓事業的三大神明的
儀式，儀式過後，開拓使的長官表示希望將這個儀式搬到札幌，於是
在明治四年就開設了這個位於札幌的神社。開拓蝦夷地，絕對是一件
困難的事，因為天氣嚴寒，大自然環境阻礙重重，所以這個開拓神社，

北海道神宮

特別用作祭祀黑田清隆等當年的開拓功臣。到了昭和年間，神社決定一起合奉明治天皇，因此改名成為北海道神宮。

清華亭——街角的天皇休息所

　　明治十四年，北海道這裏發生了一個天大的新聞：明治天皇即將出巡北海道。中國有乾隆下江南，日本則有明治上北海道。明治天皇是首個到訪北海道的天皇，在他之前超過一百多代天皇，從來沒人踏足過這片土地，可見他是個何等充滿開拓精神的天皇。

　　北海道始終是蝦夷之地，欠缺一個適合尊貴天皇休息的地方，於是當局特別在札幌挑選一個種滿樹木，又有小橋流水的優雅地方，為

清華亭，外觀簡樸。

天皇建造一個歇息的地方，就是今天的清華亭。清華亭外觀十分簡樸，沒有金碧輝煌的裝潢，看上去和天皇行宮根本扯不上關係，屋內只有一幅字畫，沒有其他擺設，整體建築卻充滿了明治時期的氛圍——西式中融入和式，和洋折衷。

豐平館——天皇下榻旅館

清華亭是給明治天皇出巡時稍作休息的地方，豐平館則是特意為天皇打造的賓館。當年明治天皇在北海道逗留四天，黑田清隆便特意找人興建了這座當時北海道最豪華的旅館，招呼天皇下榻。

建築風格方面，豐平館體現了北海道的開拓精神，藍白色的洋式建築，房頂上有五粒代表北海道的北極星，給你一個五星級的家。除了明治天皇之外，之後的大正天皇、昭和天皇來到北海道時，都曾在這裏住過。

豐平館原本位於大通公園內，後來搬來中島公園，這段時間亦曾經開放給新人作結婚會場。這裏每個房間都有不同的主題。梅花間是天皇的寢室，裏面放置了不同顏色的椅子，當中那張白色椅子，是天皇專用。房間內還有天皇休息用的床鋪，貴為一國之君，他的床也十分簡樸，大約只是三呎多一點，相比凡爾賽宮路易十四的豪華大床，或者故宮裏皇帝的龍床，真是節約得多。

然而，這個簡樸節約的天皇，卻打敗了故宮裏睡龍床的人。事實上，明治天皇本來是反對跟清朝開戰，但在大臣伊藤博文等人鼓吹之下，決定對滿清開戰時，他毫不猶豫御駕親征，去到最前線廣島，在一個很細小的房間指揮戰爭。

豐平館是天皇下榻的旅館

北海道廳舊本廳舍——細説北海道歷史

　　北海道政府舊址是一座漂亮的紅磚廳舍，美國風格的新巴洛克式
建築，新政府大樓落成之前，這裏曾作為行政機關達八十年時間。一
直都説北海道是蝦夷之地，剛開拓時相當貧窮，中央政府缺人又缺錢，
以明治元年為例，政府的收入為 300 萬日圓，但支出是當時的十倍，
根本是入不敷支。

然而從這個建築，可以看到政府開始富裕起來。原來，明治五年，實行了田租改革，只用了二十年，就令政府變得富裕。明治政府學會了現代經濟學之父 Adam Smiths 的原富論——資本主義的經濟，建築在私有財產制上，保證國家不能侵犯每一個人的私有財產，這套制度在傳統中國是行不通的，因為傳統思想是「普天之下莫非皇土，率土之濱莫非皇臣」。皇土皇民思想表明了整個國家屬於一個人——皇帝。

　　日本亦然，所有土地屬於幕府，幕府結束後則是天皇所擁有，直至明治五年，陸奧宗光提出了一套田租改革的方案：農民先申報自己的土地，然後政府將之送給他們，這塊土地永遠屬於他們的。方案一實行，國家的收入不但沒有減少，反而增加了 1.5%，原來農民申報的土地，比原本所知的多了 1.5 倍，證明這種相信人民的方法，行之有效。

北海道廳舊本廳舍，屬新巴洛克式建築。

庫頁島與北方四島

　　回到這個紅磚廳舍，內有一個「樺太關係資料館」，介紹當時和庫頁島以及北方四島的關係。明治維新之後，日本國力大大增強，他們首次打仗就戰勝了滿清，取了台灣。第二次主要對外戰爭，就是明治末年的日露戰爭（日俄戰爭），與「大灰熊」俄羅斯交戰，再次戰勝後，日本的胃口變得很大，這次她想侵佔的，是北海道以北的大島，中文叫做庫頁島，日本叫做樺太島。

　　這個島的面積幾乎和北海道相若，換句話說就是吞下整整一個北海道地帶，這使日本成為一個擁有五個列島的國家，那是日本最輝煌的時期，比現時日本國土面積大得多。到了第二次世界大戰，日本戰敗，整個樺太島就交還給俄羅斯，即是當時的蘇聯。除了庫頁島這個大島，還有四個小島，叫北方四島，這四個小島跟北海道相連。早年黑田清隆擔任北海道開拓使時，曾經與俄羅斯簽訂協議，日本分一半樺太島給俄羅斯，只要下面的北方四島，所以日本一直都視這北方四小島為自己的領土，豈料 1945 年戰敗後，當時的蘇聯一氣呵成，連北方四島也一併吞下，致使島上生活的日本人大逃難，由樺太島和北方四島逃回日本北海道，

「樺太關係資料館」就展出大量史料，證明北方四島自古以來都是日本領土。想起我們的釣魚台列島了，真是一物降一物！

樺太島地標界石

北海道廳立圖書館
——充滿菓子香的活化建築

　　來到北海道廳立圖書館,沒有書香,只有菓子香。這座建築興建於大正十五年(西元 1926 年),竣工後的九十年間,作為北海道廳立圖書館使用,2015 年重新活化,進行公開招標,最後,由北海道一家和菓子老店投標成功。活化工程不惜工本,請來了安藤忠雄主持,總共花了 14 億日圓。其中最吸睛的部份,就是一整幅安藤忠雄標誌性的清水混凝土牆壁,上面整齊地排列着水泥釘子,算一算,這些釘子可要 1,000 萬日圓一顆呢。另一面牆壁,是一整列高至天花板的書架,收藏着各類不同的書本,旁邊還有一座白色的鋼琴,絕對是文青必到的打卡點。

　　來到這家「圖書館」,當然要買書了,買的不是一般的書,而是書形狀的黃金餅乾巧克力,真正的「書中自有黃金屋」,甚至還有北海道命名一百五十週年特別版,真是連餅乾盒也值得珍藏。

北海道廳立圖書館

大通公園——札幌規劃的起點

　　明治維新開拓北海道時，開拓要將札幌發展為一個全新的城市，怎樣做好城市規劃呢？政府決定以大通公園作為中心點和起點，東面是工廠區，南面是商業和住宅區，西面則是當時的政府官地。這麼完善的城市規劃，並非日本人自己發明，而是明治維新時抄襲自西方。

　　這種規劃方法，使札幌與日本其他城市的設計，有了明顯分別。日本本土的城市設計，是跟隨中國長安的設計，採「里坊制」。所謂「里坊制」，就是把城市像豆腐一樣，劃分成一格一格，方方正正，中間是朱雀大道，一面是東市，一面是西市。來到今天，唯一保留着這種城市設計的地方，是京都。

註1：鬼瓦：又稱獸頭瓦，指上面繪有獸面花紋的瓦片，多安裝在屋頂四角或脊瓦、棟瓦位置，古人相信有辟邪避災的作用，源自中國唐代，當時用了西域人的樣子，在傳統日式建築中頗常見。

註2：千利休（1522 － 1591），日本戰國時代著名茶道宗師，人稱茶聖。

明治生活

中日火車大不同

　　來日本旅遊，我們有時候會覺得很方便，因為我們能看懂漢字。不過日文中，除了語意相通的和製漢語外，也有許多「同形異意字」，就是說字表面上發音或是字型是一樣，但意思或解釋則完全不一樣，這在介紹交通工具上，尤其明顯。

　　比如說中文和日文都有火車、汽車、電車，可是語意就是完全不同的。日文中，所有用電推動的交通工具都叫電車，包括路面電車（Tram）以及火車（Train），日本語裏面有一個字傳進了漢字文化圈，就是「電車男」，「電車男」的意思，正是指喜歡坐火車的一族。

　　日文裏也有「氣車」，日文「氣車」和「電車」是同一樣的道理，用蒸氣推動的車，就叫「蒸氣機關車」，中文的「汽車」是指私家車，日文則泛指所有蒸氣推動的車，例如 SL 蒸氣機關車。

　　最後講到「火車」，我們中國人常坐火車，高鐵也是火車，日文中也有「火車」，但大家千萬不要坐日文裏的「火車」！為甚麼呢？原來，日文「火車」是佛經裏面所提，通向十八層地獄的火車，一架著火的車，專載惡人去十八層地獄。所以日文的「火車」，和中文的「火車」，是完全不一樣的意思。

郵局

　　從飛鴿傳書到電子郵件，你還記不記得你上次最後寫信是甚麼時候呢？

　　明治二年，日本出現了第一間郵便局，明治四年發行了第一張明信片，一直過了四分之一個世紀，這些西洋玩意才傳到中國，光緒皇帝成立了中國第一間郵政局。

　　來到小樽，不禁想起如果日本導演岩井俊二重新翻拍他那經典電影《情書》的話，在這個年代，中山美穗或許會變成一個低頭族，發送了一個表情符號給藤井樹，代替了她那封很有名的 Love letter 那一句：「お元気ですか，私は 元気です」

你又覺得，表情符號還是情信，更有溫度，更浪漫一點呢？

大通公園秋祭

　　每年秋天，札幌大通公園都會舉行「あきまつり」（秋祭，Autumn Festival），因為秋天是豐收的季節，所以把北海道特產，蔬果、拉麵、啤酒等等，全部在這裏展現給大家。

　　秋祭至今已舉行了十一年，由於太受歡迎，吸引了愈來愈多人來這裏擺攤檔，食品選擇已經不限於北海道特產，而是日本全國各地的美食，都能在這裏找到。

 和製漢語

雜誌

　　我很喜歡看日本的雜誌，因為日本雜誌不單種類多，而且也相當專門。日文的雜誌叫作ざっし，跟中文的發音很相似，為甚麼呢？因為這個字正是和製漢語。

　　雜誌的英文是 Magazine，1735 年的倫敦，出版了第一本 The Gentleman's Magazine，至於日本第一本雜誌，則是慶應三年，也即明治元年的前一年出版，把這種新潮西洋事物帶來日本的人，叫做柳河春三，他當時出版的雜誌叫作《西洋雜誌》，內容分門別類，包羅萬有；正好中國也有《聊齋誌異》，代表一些很新奇的文字記錄，於是柳河春三就把「雜」和「誌」這兩個字合在一起，組成「雜誌」這個新詞彙，代表 Magazine，並且傳入了中國。

小確幸

　　日文中有一個字叫「しょうかつこう」，「しょうかつこう」是甚麼意思？

身在這麼美麗的環境中；閱讀一本自己很喜歡的書；突然聞到桂花的香味，很短暫，只有兩三秒，再聞一下已經沒了⋯⋯很微小、微不足道的東西，但是很確認曾經發生過的幸福，這就是「しようかつこう」，小確幸。

對於我自己來說，小確幸可能是剛剛聞到的花香，也可能是摸摸錢包，還有 100 日圓，剛好夠買一罐熱的綠茶。

小確幸一詞從哪裏來？來自日本一位名作家，村上春樹。

記憶力

記憶力，日文寫做「きおくりよく」，當中「きおく」，就是日本人翻譯的 Memory，「記憶」。人的記憶從何而來？近代西方心理學，將人類記憶分為感覺記憶、長期記憶、短期記憶。其中一篇很著名，由美國心理學家 Miller 所寫的研究文章指出，人的短期記憶有一個 Magic number，就是「7±2」，也即是人的短期記憶可以記下最少五個字，最多九個字。所以我們的電話號碼通常是八個字元，最多可以背到九個字元。

關於記憶的研究，在明治維新時傳了來日本，當時日本人決定用意譯的方法來翻譯 Memory 這個字，取了兩個毫無關係的中文漢字結合在一起：「記」，是史記，用繩來記事的意思；「憶」，是動詞，「此情可待成追憶」。二者合一，組成了一個新的詞彙，「記憶」。

明治美食

男爵土豆

北海道特產男爵土豆（薯仔），怎麼會有一個這麼優雅高尚的名字呢？

1908 年，一位名叫川田龍吉男爵的北海道人，從英國購進馬鈴薯種子用來出售。函館郊區的一位農民在自家田地裏試種，獲得大豐收。附近的農民們見狀，紛紛仿效，開始大面積種植。因不知道這種土豆叫甚麼名

字，農民們便稱它為「男爵土豆」，以此紀念川田龍吉男爵。1928 年，「男爵土豆」被正式命名，並被授予「優良品種」稱號。此後，男爵土豆得到推廣種植，佔領了廣袤無垠的北海道原野。

用薯仔做薯餅，有人叫可樂餅，日文是「コロッケ」，這個字原本是法文「Croquette」，不過由於日本人做薯餅做到出神入化，反而傳回了歐洲，變了英文字，現在歐洲人稱這種日本洋食為「Croquette」，還是以日文發音，也可説是日本人的成功吧。

粟米

粟米，作為全世界三大穀類之一，是目前世界上產量最高的穀類，全世界年產量達百億噸，差不多超過一半是美國種植的。粟米原產自美國之南的墨西哥，當時的瑪雅人在一萬年前，將這種野生植物培育成人人都愛的粟米。後來經過哥倫布大交換，由西班牙殖民者先傳到菲律賓，再傳到中國福建，再傳到日本的九州。

明治維新時日本人開拓北海道，大規模種植粟米，甚至還培殖了一種新型的粟米，就是 Pure white 白粟米（ピユアホワイト），甜度達 15 度，一枝大約要港幣五十多元，還有更高級的北海道的名產「雪之妖精」，甜度達 17 度，超甜又多汁。

Pure white 白粟米

芝士

明治維新，天皇帶頭喝牛奶、吃牛肉，不過有一種食品，是明治時代的日本人無論如何都接受不了的，那就是芝士。

北海道是日本芝士的主要產地，半熟芝士蛋糕更是深受遊客歡迎，這款蛋糕用上了生忌廉還有很多芝士，以半焗半蒸的方式製作，保留了香、滑、軟的口感，一口咬下去，就像吃下一片雲彩一樣。

要留意這款蛋糕需要八個小時解凍，所以最好在札幌的機場買一個半熟芝士蛋糕，回到家馬上吃，那就完美了。

湯咖喱

湯咖喱是北海道著名菜式，有許多不同選擇，健康一點可以吃蔬菜湯咖喱，愛吃肉者則可以選擇搭配了豬肉、雞肉的湯咖喱。

湯咖喱飯使用了北海道的五穀米，裏面加入小麥和蕎麥，分外健康。吃法是先在飯上加一點檸檬汁，然後舀一口飯，再加到湯咖喱裏。湯咖喱將多達三十多款食材，放在一起熬煮，其中有 21 種香料植物，味道並不會太辣，反而以濃香為主。

其實傳統並沒有湯咖喱這種作法，北海道在大約四十年前曾有一些店做過藥膳咖喱，到 1993 年，札幌有一間專賣咖喱的店舖，開始稱藥膳咖喱為湯咖喱，自此就流行起來，成為了札幌美食的代表。

湯咖喱

明治人物

黑田清隆

　　黑田清隆出身自薩摩藩的一個下級武士家庭，曾經前往江戶學習砲術，之後積極參與倒幕運動，並代表薩摩藩出使長州藩，與長州藩結成薩長同盟。在倒幕的多次戰爭中，代表明治政府追伐幕府殘軍，一直追到函館，打敗了叛軍，佔領整個北海道。明治三年，黑田清隆開始參與開拓北海道的工作，之後又曾擔任日本第二任首相，1900 年於東京逝世。

【漫遊明治維新地圖──北海道】

1. 函館朝市

地址：北海道函館市若松町 9-19

營業：全年無休

營業時間：1-4 月 6:00-14:00（因店舖而異）
　　　　　5-12 月 5:00-14:00（因店舖而異）

網站：http://www.hakodate-asaichi.com

2. 五稜郭

地址：北海道函館市五稜郭町 43-9

營業時間：年中無休

門票：大人：900 円　小孩：450 円　中高校生：680 円

官方網站：http://www.goryokaku-tower.co.jp/html/other/
access.html

3. 函館元町公園

地址：函館市元町 12

4. 舊函館區公會堂

地址：〒 040-0054 函館市元町 11 番 13 號
門票：大人 300 円　小童 150 円
開放時間：9:00-19:00（4 月 -10 月）
　　　　　　9:00-17:00（11 月 -3 月）
網址：http://www.zaidan-hakodate.com/koukaido/

5. 小樽貴賓館

地址：北海道小樽市祝津 3 丁目 63
官方網站：http://www.otaru-kihinkan.jp/about/

6. 手宮線跡地

地址：小樽市，色內南小樽，舊手宮線跡地
開放時間：24 小時
交通：步行，由 JR 南小樽站為起點

7. 小樽運河

地址：JR 小樽駅下車徒步 8 分鐘

網站：https://www.city.otaru.lg.jp/kankou/miru_asobu_tomaru/
kankosisetu/otaruunga.html

8. 小樽運河食堂

小樽懷舊餐廳放題 Otaruungashokudo
地址：〒 047-0007 北海道小樽市港町 6-5
交通：JR 函館幹線小樽站步行 10 分鐘
營業時間：星期一至星期日 11:00-15:00（L.O.14:00）；
　　　　　　17:00-21:30（L.O.21:00，酒水 L.O.21:00）
休息日：年中無休
平均預算：午餐 1,600 円　晚餐 2,000 円

9. 余市蒸餾所

地址：北海道余市町黑川町 7-6
門票：免費
營業時間：9:00-17:00
官方網站：https://www.nikka.com/distilleries/yoichi/

10. 小樽 Glass Gallery

地址：〒 047-0027 小樽市堺町 2 番 19 號
營業時間：9:30-19:00（因季節而異）
定休日：年中無休
網站：http://www.finecraft.co.jp/shopinfo/glassgallery.html

11. 北海道開拓之村

地址：札幌市厚別區厚別町小野幌 50-1

營業時間：5-9 月 9:00-17:00；10-4 月 9:00-16:30
　　　　　（閉村前 30 分鐘停止入村）

定休日：週一（如果週一是節日，則順延至次日週二）；
　　　　年末年初；5-9 月無休

費用：成人 800 円 高中生與大學生 600 円（初中生及
　　　以下年齡者、65 歲及以上年齡者、身體殘疾者免費）

網站：http://www.kaitaku.or.jp/info/info.htm

12. 北海道大學

地址：〒 060-0808 北海道札幌市北區北 8 條西 5 北海道大學構

營業時間：8:30-17:00

公休日：年末年始休假期間

官方網址：https://www.hokudai.ac.jp

13. 羊之丘展望台

地址：〒 062-0045 北海道札幌市豐平區羊ケ丘 1 番地

門票：大人 520 円 中小學生 300 円

營業時間：9:00-17:00（10 月 -4 月）8:30-18:00（5 月 -6 月）
　　　　　8:30-19:00（7 月 -8 月）8:30-18:00（9 月）

網址：https://www.hitsujigaoka.jp

14. 札幌工廠

地址：札幌市中央區北 2 條東 4 丁目

營業時間：購物 10:00-20:00

餐廳 11:00-22:00

費用：入館免費

定休日：不定期休息

網址：http://sapporofactory.jp/foreigin/taiwan/index.html

15. 札幌啤酒博物館

地址：北海道札幌市東區北 7 條東 9 丁目 1-1

開館時間：11:00-20:00

網址：http://www.sapporobeer.jp/brewery/s_museum/

札幌啤酒園 https://www.sapporo-bier-garten.jp/

16. 貍小路

地址：札幌市中央區南 2·3 條西 1-7 丁目

營業時間：各家商店都不同

交通：札幌市電 — 貍小路站

網址：https://tanukikoji.or.jp

17. 頭大佛殿

景點名稱：真駒內滝野靈園

地址：北海道札幌市南區滝野 2 番地

營業時間：4-10 月 7:00-19:00；11-3 月 7:00-18:00

【頭大仏　Hill of the Buddha】

4 月 -10 月 9:00-16:00

11 月 -3 月 10:00-15:00

公休日：冬季會有部份園區暫停開放

門票：免費（園內可能須支付其他費用）

18. 北一條教會

地址：〒 060-0031

札幌市中央區北一條東 6 丁目

網址：https://sites.google.com/site/katedoraru99/home

19. 北海道神宮

地址：北海道札幌市中央區宮丘 474

門票：自由參觀

休息時間：全年無休

營業時間：神宮內自由參觀；神門（本殿正門）

　　　　　開門時間 00:00-19:00

　　　　　1 月 2 日 -1 月 3 日 6:00-18:00

　　　　　1 月 4 日 -1 月 7 日 6:00-16:00

　　　　　1 月 8 日 -1 月 31 日 7:00-16:00

　　　　　2 月 1 日 -2 月 14 日 7:00-16:00

　　　　　2 月 15 日 -3 月 31 日 7:00-16:30

　　　　　4 月 1 日 -10 月 15 日 6:00-17:00

　　　　　10 月 16 日 -10 月 31 日 6:00-16:30

　　　　　11 月 1 日 -12 月 31 日 7:00-16:00

交通：由地鐵東西線「圓山公園」站徒步約 15 分鐘即可抵達。

　　　或由 JR 公車西 14 或西 15「神宮前停留所」站徒步約

　　　1 分鐘即可抵達

官方網站：http://www.hokkaidojingu.or.jp

20. 開拓神社

地址：北海道札幌市中央區宮ケ丘 474（北海道神宮內）

交通：地下鐵：東西線円山公園駅下車，徒步約 10 分鐘

官網址：http://www.hokkaidojingu.or.jp/

參考網址：http://www.tabirai.net/s/sightseeing/column/0000957.
aspx

21. 清華亭

地址：札幌市北區北 7 條西 7 丁目

開館時間：9:00-16:00

定休日：年末年始

費用：免費

交通：地鐵南北線 / 東豐線 /JR 線「札幌」站下車，步行 10 分鐘

官方網站：http://www.city.sapporo.jp/keikaku/keikan/rekiken/
buildings/building07.html

22. 豐平館

地址：〒 064-0931

北海道札幌市中央區中島公園 1 番 20 號

開館時間：9:00-17:00（入場到 16:30 為止）

定休日：每月第二個週二（如果週二是節假日的話，則於第二
天休息）

費用：個人 300 日圓；團體（20 人以上）270 円；初中生以下
免費

交通：中島公園站

官方網站：http://www.s-hoheikan.jp

23. 札幌特色料理「GARAKU 湯咖喱」

地址：札幌市中央區南 2 條西 2 丁目 6 - 1
營業時間：午餐 11:30-15:30；晚餐：17:00-23:30
休息時間：不定休
官方網站：http://www.s-garaku.com/s/menu.php

24. 北海道廳舊本廳舍

地址：札幌市中央區北 3 條西 6 丁目
營業時間：8:45-18:00
定休日：年末年初
費用：免費
WiFi：免費
官方網站：http://bit.ly/akarenga

25. 北海道廳立圖書館

地址：北海道札幌市中央區北 1 條西 5 丁目 1-2
營業時間：10:00am-7:00pm（賣店）
網址：http://www.kitakaro.com

26. 大通公園

地址：札幌市中央區大通西 1-12 丁目
營業時間：24 小時
定休日：年末年初
官方網站：http://www.sapporo-park.or.jp/odori/

Hokkaido

Tohoku

Chugoku

Chubu

Kanto

Kansai

Shikoku

Kyushu

下關

第九章

下關

作為現代日本之父，明治天皇在位四十五年，不過，他並不是窮一生都在維新，明治維新何時結束？明治二十三年是一個關鍵的年份。在這一年，帝國議會召開，日本成為全亞洲第一個議會政治的國家，亦是第一個現代的民族國家。四年後，公元 1894 年，明治二十七年，甲午年，日本發動了一場重要戰爭——日清戰爭（甲午戰爭），亦是明治維新成功其中一個標誌性的事件。甲午戰爭被形容為「以一人之力敵一國之力」，「一人」指誰？就是李鴻章。「一國之力」？當然指當時亞洲的第一個民族國家，日本。

這場戰爭影響了中日兩個國家國運超過一百年，戰爭結束後，兩國在下關簽訂了《馬關條約》。下關市位於日本山口縣，是日本本州最西端的城市，古時候稱為「赤馬關」，因此簡稱馬關。馬關是歷史發生之地，滿清戰敗後，清朝最高全權代表，宰相李鴻章得日本首相伊藤博文召喚，指名道姓要他由天津坐船來到馬關，在著名的春帆樓，談判簽訂《馬關條約》，達成一連串極為屈辱的條件。「舟人那識傷心地，遙指前程是馬關」。

春帆樓——天字第一號河豚料理

春帆樓是一家提供一泊二食的旅館，供應日本頂級河豚料理。對於春帆樓，時任日本首相的伊藤博文別有一番感情，連這個名字亦來自於他。明治時代，很多日本人吃了河豚後中毒身亡，政府為了保障人民的健康，下令禁止吃河豚。不過，伊藤博文本身是山口縣人，家鄉正是河豚之鄉，他自己也喜歡吃河豚。

伊藤博文的好朋友藤野玄洋，是位眼科醫生，過世之後他的遺孀生活無以為計，伊藤博文就提議她把丈夫的眼科診所改作餐廳，專門製作河豚料理，於是全日本第一個河豚牌照，就由伊藤博文發給了藤

野太太。

　　伊藤博文常在馬關一帶活動，當然也經常光顧這家河豚料理店。一日，吃得興起的伊藤博文從樓上遠眺關門海峽，碧波之上的點點漁帆令他感動不已，聯想到自己別號春畝，不禁興致大發，為此店取名「春帆樓」。

河豚天字第一號餐廳

春到春帆樓

春帆樓現為餐廳及酒店

馬關條約

　　春帆樓除了可以吃到頂級河豚，還有更重要的歷史任務。伊藤博文有一句名言：「醉臥美人膝，醒掌天下權」，他本人愛美食愛美人不亞於愛權力，當年，他就選擇了在這裏與滿清代表李鴻章談判，煮酒論英雄。

　　下關是山口縣的門戶所在，遠望關門海峽，對岸就是九州的門司港，這個海峽十分狹窄，且是日本軍艦出入瀨戶內海必經之路，安排在春帆樓談判，既可不經意地用窗外景致震懾談判對手李鴻章，又可以讓出身自山口縣的伊藤博文光宗耀祖。

日清講和紀念館——重現談判格局

　　春帆樓旁邊有一個小小的日清講和紀念館，1945 年第二次世界大戰時曾被美國轟炸過一次，其後將整個談判格局，從原來春帆樓二樓搬到現址，原汁原味重現了《馬關條約》談判時的景象——四面落地玻璃，房間中間放置着長形談判桌，桌上的筆墨、硯盒等物品也擺放得跟百餘年前一模一樣。桌子兩邊共 16 把黑漆金花紅墊椅子，李鴻章和伊藤博文的椅子較大、較圓，其他較低級者如李經方、參贊馬建忠等人的椅子則較小，仔細看看在座人士的名牌，原來香港人伍廷芳也參與其中。

　　桌椅旁還擺放着一個法國製造，半人高的取暖爐，而在中方代表位置旁邊，還放着兩個繪有花紋圖案的瓷痰盂，這些都是當年日方專門為已經 73 歲高齡的李鴻章「貼心」準備的。牆上掛有當年的兩幅字畫，其實本來應該有三幅，另外那幅已經不知去向。紀念館外的小院子，豎立着日方談判代表伊藤博文、外相陸奧宗光兩人的半身銅像。

紀念館內還保存了大量當時的舊跡，其中一幅是李鴻章的書法「海岳煙雲」，旁邊則是春畝山人的一幅書法，這個春畝山人就是伊藤博文，兩幅同是草書，但春畝山人那幅總是感覺比較意氣風發，不知是否因為在談判中佔了上風呢？

日清講和紀念館

左為伊藤博文，右為陸奧宗光。

紀念館復原了當年簽約的擺設

惺惺相惜惟各為其主成對壘

當年兩人日以繼夜地談判，李鴻章疲於奔命，不停就條約的不平等內容游說：是否可以減少賠款、減少割地？但伊藤博文則相當狂妄，甚至警告李鴻章：「如果你再說，我唯有命令那邊的軍隊開心」，意思就是再度發動戰爭了？一直到一星期之後，李鴻章中了一槍，伊藤博文的態度才稍有緩和。

當年李鴻章與伊藤博文兩人因為甲午戰爭一役相遇，雖然清朝敗走，伊藤博文以勝利者姿態居高臨下，但私底下兩人惺惺相惜，伊藤博文甚至頗為敬重李鴻章，無奈這不是兩人之交，而是兩國之間的對話，因此伊藤博文只能堅持日方的苛刻條件。

避人耳目的李鴻章道

春帆樓旁邊，有一條長數百米，闊約 1.5 米的山邊小徑，小徑一邊是護土牆，另一邊只有野草。名叫「李鴻章道」，1895 年 2 月甲午戰敗，李鴻章來下關簽《馬關條約》時，一等清朝代表獲得安排一個臨時宿舍，就在「引接寺」，定期往返春帆樓，與伊藤博文糾纏談判。山邊小徑的盡頭就是引接寺，在第三次談判結束，李鴻章回寺途中遇刺，之後日方便安排他走這條山邊小徑，以迴避人群，後來改名為「李鴻章道」。

李鴻章道

李鴻章曾入住的引接寺

　　引接寺原建於 1560 年，屬淨土宗寺廟，對於李鴻章來說，相當有
親切感，淨土宗是唐時由中國傳到日本，寺廟頂有一對金色比尾，在
夕陽照射之下閃閃發光，唐朝式的瓦頂，宋朝式的斗拱，以及清朝式
的一對麒麟，在在顯示這個深受中國文化影響的國家，一千五百多年
都是浸淫於中國文化，寺下水池上也有一條青龍，清朝代表住在這裏，
相比日式餐廳春帆樓，一定更有賓至如歸的感覺。

　　寺廟於 1945 年第二次世界大戰時，曾被美軍轟炸過，如今山門仍
然保留當年的風貌，這個人影稀少、寧靜得可怕的小寺廟，夕陽西下，
一隻老烏鴉在電線杆上呱呱大叫，別有一番淒美。

談判未成日本民憤高漲

前文多次提到李鴻章中槍，究竟是怎麼一回事？原來談判期間，日本一直沒有停止攻打滿清，並步步迫近天津，想以此作為給李鴻章的壓力——不接受條件，日方便一直攻進北京城，使得當時李鴻章心力交瘁。所謂禍不單行，李鴻章在這個關頭，還被一位二十多歲的無業青年豐太郎開了一槍，身受重傷。

這位豐太郎是個浪人，即無業遊民，父親是一個議員，他讀書不成，卻深受激進愛國思想影響。日清兩國交戰時，日本人的愛國情緒很高昂，一直主張直搗黃龍，既然殲滅了北洋艦隊，不應就此收兵；既然陸軍已到了天津，就應該攻入北京，要清國投降。加上日本當時已經有新聞報紙出現，日本人有更多渠道知曉國家大事，更是同仇敵愾支持這場戰爭，覺得兩國不應談和，所以李鴻章來日本談判，也使日本人民怨沸騰。可憐李鴻章每天從住所引接寺來回會議談判場，都要被路人指着笑罵，又說髒話又吐口水，浪人豐太郎更趁亂開了一槍，打中李鴻章左臉，立時流血不止，不省人事。

中槍成籌碼

這一槍令伊藤博文非常緊張，不但是人命關天的大事，而且英、法、俄等幾個西洋國家，早已眼紅日本的成就，如果滿清宰相在日本身亡，那就大條道理出兵攻日。於是，伊藤博文下令急救，李鴻章更成為第一個接受 X 光檢查的中國人。幸運之神眷顧下，李鴻章得以保命，復元後雙方繼續展開談判。「塞翁失馬焉知非福」，李鴻章這次有了籌碼：你令我中了一槍，是否應該將條約內容調整一下？最後，日本原先計劃佔據整個遼東半島，並賠款三億銀兩，經過中槍事件後，

賠款即時降價至兩億，並不佔據整個遼東半島。一粒子彈換取一億銀兩，李鴻章一槍，相信是中國歷史上最昂貴的一槍。

來春帆樓，吃的不單是料理，還有歷史，古今中外有不少名人都在這裏留下了墨寶品題：李鴻章仿王羲之體的鐵畫銀鈎、郭沫若的書法，還有日本歷任首相，伊藤博文、安倍晉三的父親安倍晉太郎、佐藤榮作、岸信介等等。春帆樓，一間歷史感很重的酒店，住進這裏，就好像住進了歷史，口腹、眼睛、腦部，身心都得到了享受。

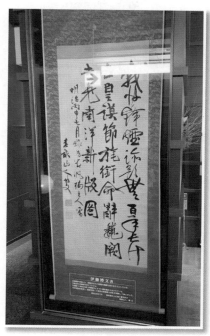

伊藤博文墨寶

李鴻章墨寶

邀請了好友陶傑來到春帆樓品嘗歷史盛宴

下關南部町郵電局——連接全世界

　　春帆樓附近，還有日本最古老的現役郵局，下關南部町郵電局，建於 1871 年（明治四年），至今已有超過一百年歷史。明治政府學習西方開設日本郵政，比清朝早了二十五年。日本郵政最初主要是學習荷蘭，福澤諭吉這位日本現代化思想先驅，前往歐洲，包括荷蘭考察當地的郵政及其他種種現代化事物，回國後就編寫了名著《西洋事情》。這本《西洋事情》可說是本教科書，分門別類，有系統地介紹了西方的衛生情況、引水道、郵政、輪船、鐵路系統等等，成為明治初期一本現代化的世界通識手冊。

寫信，貼上郵票再寄出，透過輪船去到全世界，整個一條龍的郵政系統，令日本人的眼界，與海洋和世界連接起來，郵政，可說是日本明治維新現代化的重要一步。

下關南部町郵電局

舊下關英國領事館——最古老領事館

鴉片戰爭中英國戰勝，逼令滿清開放五口通商，還割讓了香港，美國黑船有樣學樣，亦逼令日本開放五個口岸，但美國和英國不同，美國沒有殖民的打算，只有營商一個目的。

英國本身其實也沒打算要在日本殖民，只是趁着明治維新之變，在下關開設了個領事館，真是無論如何都要「霸個地盤」。英國領事館於 1906 年開設，至今超過一百年，可說是日本現存最古老的領事館，建築充滿維多利亞時代的色彩，現在這裏已改建成為一家咖啡店。

英國於東亞地區開設的領事館，除了下關，還有一個在基隆淡水，別名叫「紅毛城」，這些領事館的地理位置有一項特別之處，就是一定要確保看得到海港，船隻來來往往，望遠鏡一看便知是商船還是敵船。

舊下關英國領事館

英日關係——從結盟到破裂

英國對於明治維新有很大影響，日本首個展示自己實力的博覽會，就是在倫敦舉行；日本也向英國學習了不少新事物，例如憲法便是其一。明治政府登台後，英國甚至幫日本背書，日本的第一個同盟國就是英國，雖然當時日本尚未成為強國之一，英國已首先與日本簽訂同盟合約，令到日本打贏了日俄戰爭。兩國結盟的其中一個最重要的原因，是英國希望拉攏日本，19世紀末俄羅斯建成東清鐵路，鐵道一路打通至西伯利亞、滿洲國、海參崴，英國預計到俄國影響力一旦擴大，便會取得整個東北的勢力，於是趁着明治維新趕快拉攏日本，兩國都

是島國，又實行君主立憲，既然如此相似，不如乾脆締結盟約。

　　英國在東北亞靠日本穩住其勢力，抗衡俄國的擴張，兩國關係一直不錯，直到第二次世界大戰前夕，日本軍國政府崛起，三十年代末竟然想連南洋的英國殖民地一併奪走，才致使關係破裂。

關門海峽——見證時代變遷

　　本州南端和九州北端，中間隔着一道約七百公尺窄窄的海峽，關門海峽，也是當年李鴻章上岸的地方，從這裏，走幾步路就可以抵達談判的地方——春帆樓。今天，我們的世界正處於大洗牌以及大改構的十字街頭，明治維新時亦然，到了非改不可，不得不改，不改就死路一條的時代。所以，幸好日本有明治天皇出現，還不單止他一人，

關門海峽的對面是九州

而是人才輩出，尤其下層的人，更為出色。日本為何會現代化成功，是因為沒有科舉、沒有歷史包袱，不像中國在洋務運動中，只學洋人船堅砲利，其他一概不讀，最後缺乏現代化通識。

日本 360 度全面西方，同時百花採蜜，向英國學習理性的精神，向英國和荷蘭學習君主立憲制度，向德國學習軍事組織能力、全民的端莊，向法國學習市場百貨包裝。最後，日本的現代化得到了西方國家的一致崇敬。

和製漢語

香港人經常說「版權所有」，「版權」二字也是一個和製漢語，發明人就是日本大思想家福澤諭吉。

1873 年，福澤諭吉已是一個甚具影響力的風雲人物，他的著作繁多，但在日本不停被盜印翻印，福澤諭吉得知後非常憤怒，於是向天皇上奏，指出日本應該像歐洲一樣，確立一個版權法律。於是日本的版權法在 1873 年開始制訂，並於 1898 完善。

直到今天，日本人仍然相當重視版權，推理小說家東野圭吾寫的小說在大陸被盜版的程度，連他自己都非常憤怒，聲言不再在大陸出版中譯。希望大家飲水思源，記住這個來自日本的詞彙——「版權」，尊重自己，亦都尊重他人。

明治生活

鈔票

明治維新一百五十週年，距今超過一個世紀，或許你會認為這麼遠的歷史與我何干？不過，只要你到過日本，用過日圓消費，你已經跟明治發生了一種關係，這種特別的關係，就在日圓鈔票上，上面所有的人物，都是明治時期的人。

明治時代就是日本的起點、新日本的誕生，所以鈔票上不會見到昭和、大正，或者平成時期的人物，連天皇都不會有，只有明治偉人。

這三個明治偉人有何特別？

第一個，1,000 日圓上的小帥哥，野口英世。他是一個細菌學家，日本剛剛西化，他已經着手研究細菌，更三次獲提名諾貝爾獎。

第二個，5,000 日圓上的美女，樋口一葉。擁有古典美女的氣質，她是一位小説家，但她的小説在明治時期尚未流行，直到她去世後，才開始出名。

第三個，10,000 日圓，日本人稱這些為福澤券，因為鈔票上的人物叫做福澤諭吉。這人至死不渝，堅持日本應該脫亞入歐，在甲午戰爭之前他已在報章上撰文，鼓勵日本政府對中國發動戰爭，其中最著名的話是：「這場戰爭我們必定戰勝，這場戰爭是文明對野蠻之戰。」「文明」指文明開化了的日本；「野蠻」當然是指滿清國，他堅信文明國家一定會戰勝野蠻國家。甲午戰爭後他繼續寫文章，八國聯軍入侵中國北京時，他更撰文勸明治天皇遷都北京，佔領中國本土，所以大家要記得這人，中國的大剋星，10,000 日圓上的福澤諭吉。

明治人物

伊藤博文

　　伊藤博文生於 1841 年，曾經在松下私塾跟隨吉田松陰學習，深受吉田器重。他是明治維新的靈魂人物之一，並參與策劃中日甲午戰爭。明治維新成功後，他是日本首位內閣總理大臣（首相），之後又分別做了三次首相。於 1909 年，在中國東北被暗殺。

【漫遊明治維新地圖——下關】

1. 李鴻章道

地址：3-9 Amidaijicho, Shimonoseki, Yamaguchi 750-0003 日本

2. 日清講和紀念館

地址：〒 750-0003 下關市阿彌陀寺町 4 番 3 號
開館時間：9:00-17:00（年中無休）
入館費：免費
交通：JR 下關駅
官方網站：http://www.shimohaku.jp/page0106.html

3. 引接寺

地址：下關市中之町 11-9

交通：從 SANDEN 交通「唐戶」公車站步行約六分鐘

4. 下關春帆樓

地址：山口縣下関市阿彌陀寺町 4－2
官方網址：https://www.shunpanro.com

5. 下關南部町郵便是

地址：山口縣下關市南部町 23-11
開放時間：9:00-17:00
官方網站：https://map.japanpost.jp/p/search/dtl/300155360000/

6. 下關英國領事館

地址：下關市唐戶町 4-11
營業時間：9:00-17:00（英國館 10:00-22:00）
公休日：星期二
費用：免費
交通：從 SANDEN 交通「唐戶」公車站步行後隨即抵達
官方網站：http://www.kyu-eikoku-ryoujikan.com/

7. 唐戶市場

地址：下關市唐戶町 5-50
營業時間：星期一至星期六 5:00-15:00；
　　　　　星期日及公眾假期：9:00-15:00
公休日：無
官方網站：http://www.karatoichiba.com/

明治大事年表

公元	年號	事件
1603	慶長八年	德川家康就任大將軍，江戶幕府時代開始。
1618	元和四年	開放平戶、長崎港，與英國通商。
1853	嘉永六年	黑船來訪，美國船長培里要求開放港口。
1863	文久三年	薩英戰爭。
1864	元治元年	池田屋事件。幕府軍隊突襲京都池田屋旅館，多位長州藩尊王攘夷之士被捕或被殺。
1864	元治元年	幕府與長州藩第一次交戰。
1865	慶應元年	幕府與長州藩第二次交戰。
1866	慶應二年	福澤諭吉成立慶應義塾，後改名慶應私立大學。
1866	慶應二年	薩摩藩與長州藩結成「薩長同盟」。
1867	慶應三年	大政奉還，幕府將軍政大權交還天皇，明治天皇登位。
1867	慶應三年	坂本龍馬被暗殺。
1868	明治元年	明治天皇頒佈《五條御誓文》，訂明國家發展方向，維新展開序幕。並訂立一世一元制，每個天皇在任期間只會有一個年號。
1868	明治元年	江戶改名東京。
1869	明治二年	遷都東京。
1872	明治五年	東京、橫濱間火車開通，同年全國統一使用公曆。
1879	明治十二年	制定《教育令》。
1890	明治二十三年	發佈《教育敕語》。
1890	明治二十三年	第一次帝國議會召開，象徵明治維新結束。
1894	明治二十七年	甲午戰爭。
1895	明治二十八年	簽訂《馬關條約》。
1904	明治三十七年	日俄戰爭。
1912	明治四十五年	明治天皇過世，大正天皇登位。

後記
明治憑甚麼？

　　這裏和風細雨，好山好水，四季冉冉，空氣間瀰漫着屬於日本的獨特味道：沉靜、淡定、高雅、浪漫、不煩不躁，是當今亂世中的一股清流，這可能就是大家如此喜愛日本的原因。當然一方面她有最先進的西方文明，另一方面她又保留了最傳統的東方文化。

　　日本能有今時今日的物質文化水準，以及極高的國民素質，全部奠基於一百五十年前的明治維新。我追蹤明治維新的腳步，由國境之南薩摩藩出發，經過幕府時候唯一的窗口長崎，去到本州探訪推翻幕府的山口縣，然後經過關東、關西，去到東北地區，最後，去到明治拓殖的北海道。

　　穿越了一百五十年的日本現代化過程，究竟，明治憑甚麼？

　　不是地大脈博，不是物產豐富；不是歷史悠久，不是純粹好運。

　　大江東去浪淘盡，千古風流人物。

　　無數個個人構成了歷史，無論是歷史的長河，或是時代的洪流，都是由千千萬萬的個人構成——名留青史的歷史人物包括島津齊彬、西鄉隆盛、坂本龍馬、吉田松陰、高杉晉作、伊藤博文、德川慶喜、明治天皇、黑田清隆、福澤諭吉、夏目漱石、辰野金吾、岩崎彌太郎等等。寂寂無名的平民百姓，明治年間開創了文明堂、春帆樓、松田屋、千疋屋、霧笛樓、勝烈庵、一戶時計店等等。更有很多「外國勢力」，即日本所謂「綠眼睛的義士」：培里將軍、哥拉巴先生等，時

勢造英雄，英雄造時勢，他們合力將一個貧困的東亞島國，打造成為今天令人心曠神怡的現代日本。謝謝你們每一位！

俱往矣，數風流人物還看今朝。五代目，意思是指同一家族中，經營到第五代的傳人。我們介紹過的各位家族傳人，有喜多床的五代目宮田千代、中村製包的二代目中村德光、高橋洋服店的四代目高橋純等人，他們的淡定和高雅，來自一百五十年前的教養，所以，實在難以將文明開化了五代的日本人，與國家剛剛開放四十年的國民素質作比較。假以時日，相信五代之後，應該也會有一番新氣象。

子在川上，曰：「逝者如斯夫！不舍晝夜。」日本，終於來到了一個轉捩點，如今來到日本改朝換代之時，三十年平成的不景氣終於來到了終點，日本迎來一個新的天皇、新的令和、新的契機，能否像孝明天皇之後，明治天皇所開創的朝氣勃勃、充滿希望的新時代呢？我們拭目以待！

自由民權運動──板垣退助

還政於民，大抵就是明治維新的最終成果。當中有兩位極力推動政府，讓人民參政的人物，很值得介紹一下。

板垣退助是日本自由民權運動家、日本第一個政黨自由黨的創立者，作為日本第一個擁有 LV 包包的男人，此君嚮往西方文明，更曾經把稻荷神社的護身符棄於茅坑，以試驗是否會得到上天的懲罰，結果相安無事。日本人傳統智慧相信「鰻魚與梅乾相剋」、「天婦羅與西瓜相剋」等，二者同食會招來死亡，他反對這種「東方式文化自信」，遂召集朋友一同試吃，結果證明無害。

板垣退助不止「破四舊」，也批判東方專制政府，從事反政府運動，明治七年（中國同治十三年），他高舉「天下之公議」，呼籲設

立「民撰議院」，政府專權得以抑制，國民才可以得到幸福。從事「反政府」，沒有令他被推出午門斬首，反而被明治天皇封為伯爵。

明治已漸遠兮，千古風流人物

明治十年，民間上表多達三十萬份建白書（即建議書），要求政府分享權利，其中一個最有份量的，來自大思想家福澤諭吉，他在建議書中寫道：「日本至今仍然是政府的日本，而不是人民的日本。因此日本的困境，就只是政府的困境，而非人民的困境。要喚起民眾共赴國難方法只有一個，授之參政權，開設國會這條路。」

帝國議國召開後四年，日本發動了一場標誌性的戰爭，五千萬剛誕生的新鮮「國民」，兩千年以來第一次打敗了天朝四萬萬「臣民」。那年，是甲午年，那場仗，就是甲午戰爭。中國人分析甲午戰敗，往往流於多少門大砲、多少艘軍艦。其實戰爭之勝負原因，早已經在福澤諭吉的建白書中洩露了天機，他更形容此役為「文明與野蠻之戰」。

《明治憑甚麼》，不是旅遊攻略，也不止於遊山玩水，我只是拋磚引玉，希望讀者諸君閱後若有所思，或許氣憤、或許感慨、也或許耿耿於懷，最好醍醐灌頂，我已經心滿意足了。

天地　www.cosmosbooks.com.hk

書　　　名	明治憑甚麼
作　　　者	項明生
編　　　輯	郭坤輝
協　　　力	徐小雯
美術編輯	楊曉林
封面設計	郭志民

出　　　版　天地圖書有限公司
　　　　　　香港皇后大道東109 -115號
　　　　　　智群商業中心15字樓（總寫字樓）
　　　　　　電話：2528 3671　傳真：2865 2609

　　　　　　香港灣仔莊士敦道30號地庫 ／ 1樓（門市部）
　　　　　　電話：2865 0708　傳真：2861 1541

印　　　刷　亨泰印刷有限公司
　　　　　　柴灣利眾街德景工業大廈10字樓
　　　　　　電話：2896 3687　傳真：2558 1902

發　　　行　香港聯合書刊物流有限公司
　　　　　　香港新界大埔汀麗路36號中華商務印刷大廈3字樓
　　　　　　電話：2150 2100　傳真：2407 3062

出版日期　2019年7月初版　·香港

 AIGLE 　⃝ AIGLEHK 　🌐 www.aigle.com

豐隆旅遊保險

保障全面 玩得安心

單次 **45**折
全年 **8**折

旅遊作家
項明生

BOYS BE AMBITIOUS

豐隆旅遊保險優惠期至2019年12月31日，網上投保45折及郵輪假期(自選保障)只適用於單次旅程，8折適用於新客戶投保全年旅程。
產品詳情及其他選擇請參考保單條款及個別產品簡介。豐隆保險有權隨時更改有關條款及細則而無需事前通知，並保留最終決定權。

豐隆保險
HongLeong Insurance

www.hl-insurance.com
Hong Leong Insurance 豐隆保險

2961 226
9am - 9p